中華古籍保護計劃

ZHONG HUA GU JI BAO HU JI HUA CHENG GUO

·成果·

影鈔宋本陸士衡文集

（晉）陸機 撰

國家圖書館出版社

圖書在版編目(CIP)數據

影鈔宋本陸士衡文集 / (晉)陸機撰.-- 北京:國家圖書館出版社,2018.6

(國學基本典籍叢刊)

ISBN 978-7-5013-6422-0

Ⅰ.①影… Ⅱ.①陸… Ⅲ.①中國文學—古典文學—作品綜合集—西晉時代 Ⅳ.①I213.72

中國版本圖書館 CIP 數據核字(2018)第 071726 號

書　　名	影鈔宋本陸士衡文集
著　　者	(晉)陸機　撰
責任編輯	南江濤
封面設計	徐新狀
出　　版	國家圖書館出版社(100034　北京市西城區文津街7號) (原書目文獻出版社　北京圖書館出版社)
發　　行	010-66114536　66126153　66151313　66175620 66121706(傳真)　66126156(門市部)
E-mail	nlcpress@nlc.cn(郵購)
Website	www.nlcpress.com→投稿中心
經　　銷	新華書店
印　　裝	北京市通州興龍印刷廠
版　　次	2018年6月第1版　2018年6月第1次印刷
開　　本	880×1230(毫米)　1/32
印　　張	6
書　　號	ISBN 978-7-5013-6422-0
定　　價	20.00圓

《國學基本典籍叢刊》編委會

《國學基本典籍叢刊》前言

國家圖書館出版社（原書目文獻出版社 北京圖書館出版社）成立三十多年來，出版了大量的中國傳統文化典籍。由於這些典籍的出版往往採用叢書的方式或綫裝形式，供公共圖書館和大學圖書館典藏使用，普通讀者因價格較高、部頭較大，不易購買使用。爲弘揚優秀傳統文化，滿足廣大普通讀者的需求，現將經、史、子、集各部的常用典籍，選擇善本，分輯陸續出版單行本。每書之前均加簡要説明，必要者加編目録和索引，總名《國學基本典籍叢刊》。歡迎讀者提出寶貴意見和建議，以使這項工作逐步完善。

編委會

二〇一六年四月

序言

《陸士衡文集》是陸機詩文作品的彙編，中國文學批評史中有著重要影響的《文賦》即被作爲第一篇收録其中，還有《赴洛道中作》《辨亡論》等名篇。陸機作爲兩晉詩壇的代表人物，其文學成就主要表現在詩歌方面，鍾嶸《詩品序》稱他是『太康之英』。他的作品追求形式技巧，用詞繁縟，具有與漢魏古詩截然不同的藝術風貌，以致於《晉書》評價説：『機文喻海，韞蓬山而育蕪。』《陸士衡文集》是研究陸機文學創作和思想内容的第一手資料。

陸機（二六一—三〇三）字士衡，三國時吴國吴郡（今江蘇蘇州）人，一説華亭（今上海松江）人。祖遜，父抗，皆吴重臣。曾任吴牙門將，吴亡退居舊里。西晉太康間，與其弟陸雲入洛，名動一時，並稱『二陸』。歷任太子洗馬、著作郎和中書郎等職，後薦爲平原内史，世稱『陸平原』。與弟陸雲同在『八王之亂』中遇害。《晉書》卷五十四有傳，稱：『所著文章凡三百餘篇，並行於世。』

關於陸機集的編撰，據陸雲《與兄平原書》云：『兄文章已自行天下……前集兄文爲二十卷，適迄一十，當黄之。書不工，紙又惡，恨不精。』知陸機生前詩文便得到廣泛流傳，同時陸雲也開始着手爲他編集子。由於資料闕佚，未知所編陸機集是否即二十卷本，還是僅爲集子的一部分。東晉葛洪《抱朴子》稱『吾見二陸之文百許卷，似未盡也』，印證至遲在東晉兩人的集子已流傳開來。首次明確著録陸機集是南朝梁阮孝緒的《七録》，在『文集録』，即《隋書・經籍志》小注稱：『梁四十七卷、録一卷。』尚有《目録》一卷。《隋志》著録爲十四卷，則唐初傳本陸機集散佚卷帙不少。《舊唐志》著録爲十五卷，此溢出之『一卷』爲目録，實即同書。北宋政府纂修《太平御覽》尚引用陸機集，當即秘閣藏本。但至景祐年間修《崇文總目》已不見著録，大致北宋中期亡佚。

南宋初《郡齋讀書志》所著録十卷本，屬據總集、類書等輯出陸機詩文的重編本。宋慶元六年（一二〇〇）徐民瞻在華亭縣學主持刊刻《晉二俊文集》，其中所刻《陸士衡文集》的底本即晁公武著録本，徐序云：『每以未見其全集爲恨，聞之鄉老曰：士衡有集十卷，以《文賦》爲首。《士龍集》六卷，以《逸民賦》爲首……因訪其遺文於鄉曲，得《士衡集》十卷於新淮西撫幹林君，其首篇冠以《文賦》。』惜宋本不傳，今國家圖書館藏有清影宋鈔本《陸士衡文集》十卷，即據宋本影鈔，頗具版本及文獻價值，自内容而言可視爲『宋本』。

版本方面，此影宋鈔本保留了陸機集屬宋人重編本的證據。書中卷八《演連珠》『臣聞禄五臣本施於寵，非隆家之舉』句有校語稱『「禄五臣本施於寵」七字誤，《文選》及他本皆作「禄施於寵」』，又翁同書批云：『五臣本』三字乃『注誤入正文』，知該篇自《文選》輯出。卷九《吳丞相江陵侯陸公誄》一文，翁同書批云：『此篇中語，時見士龍所作《吴故丞相陸公誄》中，蓋類書摘敘之，而編士衡集者誤收之。』則該篇自類書輯出。文獻價值方面，以此帙鈔本與明正德十四年（一五一九）陸元大刻本對校，異文較多。如《文賦》『故淟涊而不鮮』，陸元大本『涊』作『忍』；《豪士賦》『修心以爲量者』，陸元大本『修』作『循』；《答張士然》『揔轡臨清泉』，陸元大本『泉』作『淵』；《辨亡論》『鋭師千旅』，陸元大本『師』作『騎』等。由此斷定陸元大本非盡是宋本原貌，而是作了一番校訂工作，屬據宋本的重刻本，而非翻刻或覆刻。陸機集的整理應以此清影宋鈔本爲最佳版本。

書中鈐『嚴氏修能』『元照之印』『張氏秋月字香修一字幼憐』『香修』『芳茱堂印』『祖庚曾讀』『何元錫借觀印』『文弨借觀』『錢唐嚴傑借閲』『東壁圖書』諸印，且有嚴元照朱筆過録盧文弨批校並跋，趙懷玉藍筆校及翁同書墨筆校，知此本迭經名家收藏、經眼或校跋，朱墨粲然，洵爲珍本。

劉明

二〇一八年三月

目録

卷五　詩上

卷七　詩下

卷八　雜著

卷九　頌箴贊牋表文誄哀辭

卷十 議 論 碑

據國家圖書館藏清影鈔宋慶元六年（一二〇〇）華亭縣學刻《晉二俊文集》本影印原書版框二十二點七厘米寬十六點五厘米

晉二俊文集

士衡

一

晋二俊文集二本

晉二俊文集叙

奉議郎知嘉興府華亭縣事徐　民瞻

民瞻幼閱晉陸機士衡傳太康末士衡與弟雲士龍俱入洛造太常張華華素重其名一見如舊識曰伐吴之役利獲二俊嘗伸卷反覆復求二俊所以名於世者張華所以稱道而有得士之喜者觀之蓋其兄弟以文章齊驅並駕於兵戈擾攘之間聲聞闔肆人無能出其右者時號二陸華聞服之久一旦驟得之宜其欣慰而稱道之也吁二俊殁寥寥且千載其人不可得而見矣其文章所謂如朗月之垂空重嵓之積秀者固自若也耳目可無所見聞乎其載於文選諸

書中者亦多即而熟讀之其詞深而雅其義博而顯遠超枚馬髙躡王劉百代之文宗也每以未見其全集爲恨聞之鄉老曰士衡有集十卷以文賦爲首士龍集六卷以逸民賦爲首雖知之求之未遂偶因乏使承雲間民社之寄二俊雲間人也拜命之日良慰于中謂平素願見而不可得者遂於此行矣到官之初首見遺像於吏舍之旁塵埃漫汚曖昧殊甚大非所以揭虔妥靈之本意即日闢縣學之東偏建祠宇奉以遷焉邦人觀瞻無不懽喜稱嘆因訪其遺文於鄉曲得士衡集十卷于新淮西撫幹林君其首篇冠以文賦士龍集六卷則無之明年移書故人秘書郎

鍾君得之于冊府首篇逸民賦悉如所聞亟繕寫命工鋟之木以行目曰晉二俊文集二俊之文自晉歷隋唐更五代迄于我宋又二百四十餘年湮沒不彰今焉恍如揭日月于雲霧之上震雷霆于久息之中焜燿雲間雲間學士大夫宗之仰之有餘師矣二俊之名不朽矣民瞻之欲遂矣又明年書成謹述于篇首慶元庚申仲春既望信安徐民瞻述

陸士衡文集卷第一

晋平原内史吳郡陸　機　士衡

賦一

文賦 并序　感時賦

豪士賦 并序　瓜賦

思親賦

文賦

余每觀才士之所作竊有以得其用心夫其放言遣辭良多變矣妍蚩好惡可得而言每自屬文尤見其情常患意不稱物文不逮意蓋非知之難能之難也故作文賦以述先士之盛藻因論作文之利害所由

瞳矓當昝

他日殆可謂曲盡其妙至於操斧伐柯雖取則不遠若夫隨手之變良難以辭逐蓋所能言者具於此云爾

佇中區以玄覽頤情志於典墳遵四時以歎逝瞻萬物而思紛悲落葉於勁秋喜柔條於芳春心懍懍以懷霜志眇眇而臨雲詠世德之駿烈誦先人之清芬游文章之林府嘉藻麗之彬彬慨投篇而援筆聊宣之乎斯文其始也皆收視反聽耽思傍訊精騖八極心游萬仞其致也情瞳矓而彌鮮物昭晣而互進傾羣言之瀝液漱六藝之芳潤浮天淵以安流濯下泉而潛浸於是沈辭怫悅若游魚銜鉤而出重淵之深

浮藻聯翩若翰鳥纓繳而墜曾雲之峻收百世之闕
文採千載之遺韻謝朝華於已披啓夕秀於未振觀
古今於須臾撫四海於一瞬然後選義按部考辭就
班抱景者咸叩懷響者必彈或因枝以振葉或沿波
而討源或本隱以末顯或求易而得難或虎變而獸
擾或龍見而鳥瀾或妥帖而易施或岨峿而不安罄
澄心以凝思眇衆慮而爲言籠天地於形內挫萬物
於筆端始躑躅於燥吻終流離於濡翰理扶質以立
幹文垂條而結繁信情貌之不差故每變而在顏思
涉樂其必笑方言哀而已歎或操觚以率爾或含毫
而邈然伊茲事之可樂固聖賢之所欽課虛無以責

有叩寂寞而求音函緜邈於尺素吐滂沛乎寸心言
恢之而彌廣思按之而愈深播芳蕤之馥馥發清條
之森森粲風飛而飈豎鬱雲起乎翰林體有萬殊物
無一量紛紜揮霍形難爲狀辭程才以效伎意司契
而爲匠在有無而僶俛當淺深而不讓雖離方而遯
圓期窮形而盡相故夫誇目者尚奢愜心者貴當言
窮者無隘論達者唯曠詩緣情而綺靡賦體物而瀏
亮碑披文以相質誄纏緜而悽愴銘博約而温潤箴
頓挫而清壯頌優游以彬蔚論精微而朗暢奏平徹
以閑雅説煒爗而譎誑雖區分之在茲亦禁邪而制
放要辭達而理舉故無取乎冗長其爲物也多姿其

認當作涊

而必當而一本作其

爲體也屢遷其會意也尚巧其遣言也貴妍暨音聲之迭代若五色之相宣雖逝止之無常固崎錡之難便苟達變而識次猶開流以納泉如失機而後會常操末以續顛謬玄黃之秩叙故淟認而不鮮或仰偪於先條或俯侵於後章或辭害而理比或言順而義妨離之則雙美合之則兩傷考殿最於錙銖定去留於毫芒苟銓衡之所裁固應繩而必當或文繁理富而意不指適極無兩致盡不可益立片言以居要乃一篇之警策雖衆辭之有條必待兹而效勣亮功多而累寡故取足而不易或藻思綺合清麗芊眠炳若縟繡悽若繁絃必所擬之不殊乃闇合乎曩篇雖杼

禠文選作揥注取也或為禘禘猶去也

頣文選作歸

軸於予懷怵他人之我先苟傷廉而愆義亦雖愛而必捐或苕發穎豎離衆絶致形不可逐響難爲係塊孤立而特峙非常音之所緯心牢落而無偶意徘徊而不能禠石韞玉而山暉水懷珠而川媚彼榛楛之勿翦亦蒙榮於集翠綴下里於白雪吾亦以濟夫所偉或託言於短韻對窮迹而孤興俯寂寞而無友仰寥廓而莫承譬偏絃之獨張含清唱而靡應或寄辭於瘁音言徒靡而弗華混妍蚩而成體累良質而爲瑕象下管之偏疾故雖應而不和或遺理以存異徒尋虚而逐微言寡情而鮮愛辭浮漂而不頣猶絃幺而徽急故雖和而不悲或奔放以諧合務嘈囋而妖

冶徒悅目而偶俗固聲高而曲下寤防露與桑間又
雖悲而不雅或清虛以婉約每除煩而去濫闕大羹
之遺味同朱絃之清氾雖一唱而三歎固既雅而不
艷若夫豐約之裁俯仰之形因宜適變曲有微情或
言拙而喻巧或理朴而詞輕或襲故而彌新或沿濁
而更清或覽之而必察或研之而後精譬猶舞者赴
節以投袂歌者應絃而遣聲是蓋輪扁所不得言故
亦非華說之所能精普辭條與文律良余膺之所服
練世情之常尤識前脩之所淑雖濬發於巧心或受
蚩於拙目彼瓊敷與玉藻若中原之有菽同橐籥之
罔窮與天地乎並育雖紛藹於此世嗟不盈於手掬

患挈缾之屢空病昌言之難屬故踸踔於短韻放庸音以足曲恒遺恨以終篇豈懷盈而自足懼蒙塵於叩缶顧取笑乎鳴玉若夫感應之會通塞之紀來不可遏去不可止藏若景滅行猶響起方天機之駿利夫何紛而不理思風發於胷臆言泉流於脣齒紛葳蕤以馺遝唯毫素之所擬文徽徽以溢目音泠泠而盈耳及其六情底滯志往神留兀若枯木豁若涸流覽營魂以探賾頓精爽而自求理翳翳而愈伏思軋軋其若抽是以或竭情而多悔或率意而寡尤雖茲物之任我非余力之所勠故時撫空懷而自惋吾未識夫開塞之所由也伊茲文之為用固衆理之所因恢

使一本作而

不綸不一本作弗

萬里使無閡通億載而爲津俯貽則於來葉仰觀象於古人濟文武於將墜宣風聲於不泯塗無遠而不彌理無徵而不綸配霑潤於雲雨象變化乎鬼神被金石而德廣流管絃而日新

感時賦

悲夫冬之爲氣亦何憯懔以蕭索天悠悠其彌高霧鬱鬱而四幕夜緜邈其難終日晼晚而易落敷層雲之葳蕤墜零雪之揮霍氷冽冽而寢興風漫漫而妄作鳴枯條之冷冷飛落葉之漠漠山崆巄以含瘁川蜲蛇而抱涸望八極以曭漭普宇宙而寥廓伊天時之方慘曷萬物之能歡魚徵徵而求偶獸岳岳而相

攢猨長嘯於林杪鳥高鳴於雲端矧余情之含瘁恒
覩物而增歎歷四時之迭感悲此歲之已寒撫傷懷
以嗚咽望永路而汍瀾

豪士賦

夫立德之基有常而建功之路不一何則脩心以為
量者存乎我因物以成務者繫乎彼存夫我者隆殺
止乎其域繫乎物者豐約唯所遭遇落葉俟微飇以隕
而風之力蓋寡孟嘗遭雍門以泣而琴之感以末何
者欲隕之葉無所假烈風將墜之泣不足繁哀響也
是故苟時啓於天理盡於民庸夫可以濟聖賢之功斗
筲可以定烈士之業言遇時也故曰才不半古而功

已倍之蓋得之於時勢也歷觀古今儌一時之功而居伊周之位者有矣夫我之自我智士猶嬰其累物之相物昆蟲皆有此情夫以自我之量而挾非常之勳神器暉其顧眄萬物隨其俯仰心玩居常之安耳飽從諛之說豈識乎功在身外任出才表者哉且好榮惡辱有生之所大期忌盈害上鬼神猶且不免人主操其常柄天下服其大節故曰天可讎乎而時有袨服荷戟立乎廟門之下援旗誓衆奮於阡陌之上況乎代主制命自下裁物者哉廣樹恩不足以敵怨勤興利不足以補害故曰代大匠斲者必傷其手且夫政由寗氏忠臣所爲慷慨祭則寡人人主所不久

觀一本作覩

堪是以君奭怏怏不悦公旦之舉高乎師師側目博陸之勢而成王不遺嫌吝於懷宣帝若負芒刺於背非其（涵刻本此下有者字）然與嗟乎光于四表德莫富焉王曰叔父親莫暱焉登帝天位功莫厚焉守節沒齒忠莫至焉而傾側顛沛僅而自全則伊生抱明允以嬰戮文子懷忠敬而齒劒固其所也因斯以言夫以篤聖穆親如彼之懿大德至忠如此之盛尚不能取信於人主之懷止謗於衆多之口過此以往惡觀其可安危之理斷可識矣又況乎饕餮大名以冒道家之忌運短才而易聖哲所難者哉身危由於勢過而不知去勢以求安禍積起於寵盛而不知辭寵以招福見百姓之謀已

楫當作揖

則申宮警守以崇不畜之威懼萬民之不服則嚴刑
峻制以賈傷心之怨然後威窮乎震主而怨行乎上
下衆心日陊危機將發而偃仰瞪眄（眄）謂足以夸世笑
古人之未工忘已事之已拙知曩勳之可矜暗成敗
之有會是以事窮運盡必於顛仆風起塵合而禍至
常酷也聖人忌功名之過已惡寵祿之踰量蓋為此
也夫惡欲之大端賢愚所共有而游子徇高位於生
前志士思垂名於身後受生之分唯此而已夫蓋世之
業名莫大焉震主之勢位莫盛焉率意無違欲莫順
焉借使伊人頗覽天道知盡不可益盈難久持超然
自引高楫而退則巍巍之盛仰邈前賢洋洋之風俯

藥當作樂
別本作樂

僭當作僭

寇來籍而大欲不乏於身至藥不愆乎舊節彌效而德彌廣身愈逸而名愈劭此之不爲彼之必昧然後河海之跡堙爲窮流一簣之釁積成山岳名編凶頑之條耳身厭荼毒之苦痛豈不謬哉故聊賦焉庶使百世少有寤云

世有豪士兮遭國顛沛攝窮運之歸期當衆通之所會苟時至而理盡譬摧枯而振敗因天地以運動恒才瑣而功大於是禮極上典服盡暉崇儀北辰以葺宇實蘭室而桂宮撫玉衡而樞極運萬物乎掌中伊天道之剛建猶時至而必僭日罔中而弗昃月何盈而不闕襲覆車之危軌笑前乘之未完若知險而退

止趨歸蕃而自戢推旋璣以長謝顧萬物而高揖訖
浮雲以邁志豈咎忝之能集擠爲山以自隕歎禍至
於何及

瓜賦

佳哉瓜之爲德邈衆果而莫賢殷中和之淳祐播滋
榮於甫田背芳春以初載迎朱夏而自延奮脩系之
莫邁延秀瓞之綿綿赴廣武以長蔓粲煙接以雲連
感嘉時而促節蒙惠霑而增鮮若乃紛敷雜錯欝悅
婆娑發彼適此迭相經過熙朗日以熠燿翕和風其
如波有葛虆之覃及象椒聊之衆多發金榮於秀翹
結玉實於柔柯蔽翠景以自育綴修莖而星羅夫其

擢别本作濯

種族類數則有括樓定桃黄瓠白傳金文審篇小青大班玄骭素椀貍首虎蹯東陵出於秦谷桂髓起於巫山五色比象殊形異端或濟貌以表内或惠心而醜顔或攄文而抱緑或披素而懷丹氣洪細而俱芬體脩短而必圓芳郁烈其充堂味窮理而不餚德弘濟於飢渴道般流於貴賤若夫擢以寒冰淬以夏凌越氣外斂温液客凝體猶握虚離若剖冰

思親賦

悲桑梓之悠曠愧烝嘗之弗營指南雲以寄欵望歸風而効誠年歳俄其聿暮明星爛而將清廻飈肅以長赴零雪紛其下頽羨纖枝之在幹悼落葉之去枝存顧復

慕別本作暮

之遺志感明發之所懷居辭安而厭苦養引約而摧
豐忘天命之晚慕顧鞠子之速融兄瓊芳而蕙茂弟
蘭發而玉暉感瑰姿之晚就痛慈景之先違天步悠
長人道短矣異途同歸無早晚矣

陸士衡文集卷第一

卷第一 ○九 高文

陸士衡文集卷第二

晉平原内史吴郡陸　機　士衡

賦二

遂志賦并序

昔崔篆作詩以明道述志而馮衍又作顯志賦班固作幽通賦皆相依倣焉張衡思玄蔡邕玄表張叔哀系此前世之可得言者也崔氏簡而有情顯志壯而泛濫哀系俗而時靡玄表雅而微素思玄精練而何

何别本作和

惠欲麗前人而優游清典漏幽通矣班生彬彬切而
不絞哀而不怨矣崔蔡沖虛溫敏雅人之屬也衍抑
揚頓挫怨之徒也豈亦窮達異事而聲爲情變乎余
備托作者之末聊復用心焉
武定鼎于洛汭胡受瑞於汝墳繇鳴鳳於百祀啓敬
仲平方震苟天光之所照豈舜族之必陳厭禋祀於
故墟饗禴祭于東鄰禰八葉而松茂舞九韶乎降神
系姜叟於海曲表滄流以遠震仰前蹤之緜邈豈孤
人之能胄匪世祿之敢懷傷茲堂之不搆理或睽而
後合道有夷而弗順傳栖嵒而神交伊荷鼎以自進
蕭綢繆於豐沛故攀龍而先躍陳頓委於楚魏亦陵

霄以自濯伍被刑而伏劒䰟和戎而擁樂彼殊塗而並致此同川而偏溺禍無景而易逢福有時而難學推萬物之運動雖紛糾而相襲隨性類以曲成故圓行而方立要信心而委命援前修以自程擬遺跡於成軌詠新曲於故聲任窮達以逝止亦進仕而退耕庶斯言之不渝抱耿介以成名

懷土賦并序

余去家漸久懷土彌篤方思之殷何物不感曲街委巷罔不興詠水泉草木咸足悲焉故述斯賦

背故都之沃衍適新邑之丘墟遵黄川以葺宇被蒼林而卜居悼孤生之已晏恨親没之何速排虚房而

永念想遺塵其如王眇緜邈而莫覯徒佇立其焉屬感亡景於存没惋隤年於拱木悲顧眄而有餘思俯仰而自足留茲情於江介寄瘁貌於河曲玩通川以悠想撫征轡而躑躅伊命駕之徒勤慘歸途之良難慜棲鳥於南枝吊離禽於別山念庭樹以悟懷憶路草而解顔甘菫荼於飴芘緯蕭艾其如蘭神何寢而不夢形何興而不言

行思賦

背洛浦之遥遥浮黄川之裔裔遵河曲以悠遠觀通流之所會啓石門而東縈沿汴渠其如帶託飄風之習習冒沉雲之藹藹商秋肅其發節玄雲霈而垂陰涼

元照按宵當作宵宋刻書籍多作宵其誤從後魏張猛龍碑來

氣淒其薄體零雨欝而下淫覩川禽之遵渚看山鳥之歸林揮清波以濯羽翳緑葉而弄音行彌久而情勞塗愈近而思深羡品物以獨感悲綢繆而在心嗟逝官之永久年荏苒而歷茲越河山而託景眇四載而遠期孰歸寧之弗樂獨抱感而弗怡

思歸賦并序

余以元康六年冬取急歸而王師外征職典中兵與聞軍政懼兵革未息宿願有違懷歸之思憤而成篇

節運代序四氣相推寒風肅殺白露霑衣嗟行邁之彌留感時逝而懷悲彼離思之在人恒戚戚而無歡悲緣情以自誘憂觸物而生端晝輟食而發憤宵假

以李氏注泠泠併作冷冷非

寐而興言羨歸鴻以矯首挹谷風而如蘭歲靡靡而薄暮心悠悠而增楚風霏霏而入室響冷冷而愁予既遨遊於川沚亦改駕乎山林伊我思之沈欝愴感物而增深歎隨風而上逝涕承纓而下尋冀王事之暇豫庶歸寧之有時候涼風而警策指孟冬而爲期願靈暉之促景恒立表以望之

慜思賦 并序

予屢抱孔懷之痛而奄復喪同生姊銜恤哀傷一載之間而喪制便過故作此賦以紓慘惻之感

時方至其儵忽歲既去其晼晚樂來日之有繼傷頹年之莫纂覽萬物以澄念怨伯姊之已遠尋遺塵之

王當作玉

思長瞻日月之何短升降乎階際顧盻（眄）兮屏營雲承宇兮藹藹風入室兮泠泠僕從爲我悲孤鳥爲我鳴

應嘉賦 并序

友人有作嘉遁賦與余者作賦應之號曰應嘉云

傲世公子體逸懷遐意邈澄霄神夷靜波仰羣軌以遥企頓駿翮以婆娑寄冲氣於大象解心累於世羅襲三閭之奇服詠南榮之清歌濯下泉於浚澗泝凱風於卷阿指千秋以厲響俟寂寞之來和懷前修之彷彿覿幽人乎所過抱玄景以獨寐含清風而寤語發蘭音以清唱摻王懷而喻予於是葺宇中陵築室河曲軌絕千途而門瞻百族假妙道以達觀考真龜而

貞卜苟形骸之可忘豈投簪其必谷方介丘於尺阜
託雲林乎一木佇鳴條以招風聆哀音其如玉窮覽
物以盡齒將餌〔弭〕迹於餘足

陸士衡文集卷第二

慕當作暮

陸士衡文集卷第三

晋平原内史吳郡陸　機　士衡

賦三

幽人賦　列僊賦

陵霄賦　述思賦

歎逝賦并序　大慕賦并序

感丘賦

幽人賦

世有幽人漁釣乎玄渚彈雲冕以辭世披霄褐而延佇是以物外莫得窺其奧舉世不足揚其波勁秋不能雕其葉芳春不能發其華超塵冥以絶緒豈世網

之能加

列僊賦

夫何列僊玄妙超攝生乎世表因自然以爲基仰造化而聞道性冲虛以易足年緬邈其難老爾乃呼翕九陽抱一含元引新吐故雲飲露湌違品物以長眄妙羣生而爲言爾其嘉會之仇息宴遊栖則昌客弄玉洛宓江妃覩百化於神區覲天皇於紫微過太華以息駕越流沙而來歸

陵霄賦

挾至道之容微狹流俗之紛沮颺余節以遠模風扶搖而相予削陋跡於分丘省遊僊而投軌凱情累以

遂濟豈時俗之云阻判煙雲以騰躍半天步而無旅
詠陵霄之飄飄永終焉而弗悔昊蒼煥而運流日月
飜其代序下霄房之靡靡迤良晨而復舉陟瑶臺以
投繼步玉除而容與

述思賦

情易感於已攬思難戢於未忘嗟伊思之且爾夫何
往而弗臧駭中心於同氣分戚皃於異方寒鳥悲而
饒音衰林愁而寡色嗟余情之屢傷負大悲之無力
苟彼塗之信險恐此日之行昃亮相見之幾何又離
居而别域覩尺景以傷悲撫寸心而悽惻

歎逝賦 并序

昔每聞長老追計平生同時親故或彫落已盡或僅
有存者余年方四十而懿親戚屬亡多存寡暱交密
友亦不半在或所曾共遊一塗同宴一室十年之内
索然已盡以是思哀哀可知矣乃爲賦曰
伊天地之運流紛升降而相襲日望空以駿驅節循
虛而警立嗟人生之短期孰長年之能執時飄忽其
不再老晼晚而將及懟瓊蘂之無徵恨朝霞之難挹
望暘谷之企予惜此景之屢戢悲夫川閱水以成川
水滔滔而日度世閱人而爲世人冉冉而行暮人何
世而弗新世何人之能故野每春其必華草無朝而
遺露經終古而常然率品物其如素譬日及之在條

怛雖盡而不悟雖不寤而可悲心惆焉而自傷亮造化之若茲吾安取夫久長痛靈根之夙殞怨具爾之多喪悼堂構之頹瘁慜城闕之丘荒親彌懿其已逝交何戚而不亡咨余命之方殆何視天之芒芒傷懷悽其多念感貌瘁而鮮歡幽情發而成緒滯思叩而興端慘此世之無樂詠在昔而爲言居充堂而衍宇行連駕而比軒彌年時其詎幾夫何往而不殘或冥邈而既盡或寥廓而僅半信松茂而栢悅嗟芝焚而蕙歎苟性命之不殊豈同波而異瀾瞻前軌之既覆知此路之良難啓四體而深悼懼茲形之將然毒娛情之寡方怨感目之多顏亮多顏之感目神何適而

獲怡尋平生於響像覽前物而懷之步寒林以悽惻翫春翹而有思觸萬類以生悲歎同節而異時年彌往而念廣塗薄暮而意迮親落落而日稀友靡靡而愈索顧舊要於遺存得十一於千百樂隕心其如亡哀緣情而來宅託末契於後生余將老而爲客然後弭節安懷妙思天造精浮神淪忽在世表寤大暮之同寐何矜晚以怨早指彼日之方除豈茲情之足攬感秋葉於衰木瘁零露於豐草在殷憂而弗違夫何云乎識道將頤天地之大德遺聖人之洪寶解心累於末迹聊優游以娛老

大暮賦

如遂下別本有無字

夫死生是得失之大者故樂莫甚焉哀莫深焉使死而有知乎安知其死不如生如遂知耶又何生之足戀故極言其哀而終之以達庶以開夫近俗去

夫何天地之遼闊而人生之不可久長日引月而並隕時維歲而俱喪知自壯而得老體自老而得亡顧黃墟之杳杳悲泉路之翳翳挫千乘猶一毫當何數乎智慧徒假願於須臾指夕景而爲誓忽呼吸而不振奄神徂而形斃顧萬物而遺恨收百慮而長逝於是六親雲起姻族如林爭塗而淹涙望門而舉音敷幄席以悠想陳備物而虛靈仰寥廓而無見俯寂寞而無聲肴饈饈其不毀酒湛湛而每盈屯送客於山足伏

埏道而哭之扃幽户以大畢許玄闕而長辭歸無塗
兮往不反年彌去兮逝彌遠彌遠兮日隔無塗兮曷
因庭樹兮落葉暮草兮根陳

感丘賦

泛輕舟於西川背京室而電飛遵伊洛之坻渚沿黄
河之曲湄覩墟墓於山梁託崇丘以自綏見兆域之
藹藹羅魁封之纍纍於是徘徊洛涯弭節河干佇盻
留心慨爾遺歎仰終古以遠念窮萬緒乎其端伊人
生之寄世猶水草乎山河應甄陶以歲改順通川而
日過爾乃申舟人以遂往横大川而有悲傷華命之
倏忽怨天步之不幾雖履信而思順曾何足以保兹

普天讓其弗免寧吾人之所辭願靈根之晚墜指歲
暮而爲期

陸士衡文集卷第三

陸士衡文集卷第四

晉平原内史吳郡陸　機　士衡

賦四

浮雲賦

有輕虛之體象無實體之真形原厥本初浮沉混并六律籥應八風時邁玄陰觸石甘澤霶霈勢不崇朝露彼無外若層臺高觀重樓疊閣或如鍾首之鬱律

乍似寒門之寥廓金柯分玉葉散緑翹明嵒英煥鸞鷟
翔鳳翥鴻鷩鶴奮鯨鯢泝波鮫鰐衝遁朱絲亂紀羅
袿失領飛僊凌虛隨風遊騁有若芙蓉羣披蕣華揔
會車璖繞理瑪瑙縟文

白雲賦

攄神景於八幽合洪化乎烟熅充宇宙以播象協元
氣而齊動發憤靈石擢性洪流輿曜曾泉升跡融丘
盈八紘以餘憤雖彌天其未泄豈假期於遷晷邁崇
朝而倏忽紅蘂發而菡萏金翹援而合葩神收鬼化
弼性違序鳥殊類而比栖獸異跡而同處蛟引翳而
並潛龍攀鴻而雙舉鸞舞角以軒罷鷙企翮而延佇

長城曲蜿采閣相扶聳瑶臺之截薛構瓊闥之離婁雄虹矯而垂天翠鳥軒而扶日

鼓吹賦

原鼓吹之攸始蓋稟命於黃軒播威靈於茲樂亮聖器而成文騁逸氣而憤壯繞煩手乎曲折舒飄颻以遐洞卷徘徊其如結及其悲唱流音彷徨依違含歡嚼弄乍數乍稀音躑躅於脣吻若將舒而復迴鼓砰砰以輕投簫嘈嘈而微吟詠悲翁之流思怨高臺之難任顧穹谷以含哀仰歸雲而落音節應氣以舒卷響隨風而浮沉馬頓跡而增鳴士嚬顣而霑襟若乃巡郊澤戲野坰奏君馬詠南城慘巫山之遐險歡芳

樹兮何榮

漏刻賦

偉聖人之制器妙萬物而爲基形罔隆而弗包理何遠而不之寸管俯而陰陽效其誠尺表仰而日月與之期玄鳥懸而八風以情應玉衡立而天地不能欺既窮神以盡化又設漏以考時爾乃挈金壺以南羅藏幽水而北戢擬洪殺於編鍾順卑高而爲級激懸泉以遠射跨飛途而遥集伏陰蟲以承波吞恒流其如挹是故來象神造去猶鬼幻因勢相引乘靈自薦口納胷吐水無滯咽形微獨蠒之緒逝若垂天之電借四時以合最指昏明乎無殿籠八極於千分度晝

夜乎一箭抱百刻以駿浮仰胡人而利見夫其立體也簡而效績也誠其假物也粗而致用也精積水不過一鍾導流不過一筳而用天者因其敏分地者賴其平徵聽者假其察貞觀者借其明考計歷之潛慮測日月之幽情信探賾之妙術雖無神其若靈

羽扇賦

昔楚襄王會於章臺之上山西與河右諸侯在焉大夫宋玉唐勒侍皆操白鶴之羽以爲扇諸侯掩麈尾而笑襄王不悦宋玉趨而進曰敢問諸侯何笑昔者武王玄覽造扇於前而五明安衆世繁於後各有託於方圓蓋受則於簊甫舍兹器而不用顧奚取於鳥

羽宋玉曰夫創始者恒撲而飾終者必妍是故烹飪起於熱石玉輅基於推輪安衆方而氣散五明圓而風煩未若茲羽之爲麗固體俊而用鮮彼淩霄之偉鳥播鮮輝之蒨蒨隱九皐以鳳鳴游芳田而龍見醜靈龜而遠期超長年而久眄累懷璧於美羽挫千載乎一箭委曲體以受制奏雙翅而爲扇則其布翮也差洪細秩長短稠不逼稀不簡於是鏤巨獸之齒裁奇木之榦移圓根於正體因天秩乎舊貫鳥不能別其是非人莫敢分其真贋翩姍姍以微振風飄飄以垂婉妙自然以爲言故不積而能散其執手也安其應物也誠其招風也利其播氣也平混貴賤而一節

闕字疑在妨字下

風無往而不清憲靈撲於造化審貞則而妙觀諸侯曰善宋玉遂言曰伊茲羽之駿敏似南箕之啓扉垂皓曜之奕奕合鮮風之徵徵襄王仰而拊節諸侯伏而引非皆委扇於楚庭執鳥羽而言歸屬唐勒而爲之辭曰

伊鮮禽之令羽夫何翩翩與眇眇反寒暑於一掌之末迴八風乎六翮之杪

鱉賦 并序

皇太子幸于釣臺漁人獻鱉命侍臣作賦

其狀也穹脊連脅玄甲四周遁方圓於規矩徒廣狹以妨循盈尺而脚寸又取具於指掌鼻嘗氣而忌

脜耳無聽而受響是以栖居多逼出處寡便尾不副首足不運身於是從容澤畔肆志汪洋朝戲蘭渚夕息中塘越高波以魚逸竄洪流而潛藏咀蕙蘭之芳荄翳華藕之垂房

桑賦并序

皇太子便坐蓋本将軍直廬也初世祖武皇帝爲中壘将軍植桑一株世更二代年漸三紀扶踈豐衍抑有瑰異焉

夫何佳樹之洪麗超託居乎紫庭羅萬根以下洞矯千條而上征豈民黎之能植乃世武之所營故其形瑰族類體艷衆木黄中奕理滋榮煩縟緑葉興而盈

尺崇條蔓而層尋希太極以延峙映承明而廣臨華飛鴉之流響想鳴鳥之遺音唯歷數之有紀恒依物以表德豈神明之所相將我皇之先識誇百世而勿翦超長年以永植

陸士衡文集卷第四

陸士衡文集卷第五

晉平原内史吴郡陸機 士衡

詩上

荅潘尼一首
贈潘尼一首
贈紀士一首
爲陸思遠婦作一首
爲顧彦先贈婦二首
爲周夫人贈車騎一首
皇太子宴玄圃宣猷堂有令賦詩

三正迭紹洪聖啓運自昔哲王先天而順羣辟崇替
降及近古黄暉既渝素靈承祜乃眷斯顧祚之宅上
三后始基世武丕承協風傍駭天晷仰澄淳曜六合
皇慶攸興自彼河汾奄齊七政時文惟晉世篤其聖

徵別本作徽

欽翼昊天對揚成命九區克咸謳謌以詠皇上纂隆
經教弘道于化既豐在工載考俯釐庶績仰荒大造
儀形祖宗妥綏天保篤生我后克明克秀體輝重光
承規景數茂德淵冲天姿玉裕蕞爾小臣邈彼荒遐
弛厥負檐振纓承華匪願伊始惟命之嘉

皇太子賜讌詩

明明隆晉茂德有赫思媚上帝配天光宅誕育皇儲
儀形在昔徵言時宣福祿來格勞謙降貴肆敬下臣
肇彼先驅翻成嘉賓

春詠

節運同可悲莫若春氣甚和風未及燠遺涼清且凜

遨遊出西城

遨遊出西城，按轡循都邑。逝物隨節改，時風肅且熠。
遷化有常然，盛衰自相襲。靡靡年時改，苒苒老已及。
行矣勉良圖，使爾脩名立。

赴洛二首

希世無高符，營道無烈心。靖端肅有命，假楫越江潭。
親友贈予邁，揮淚廣川陰。撫膺解携手，永嘆結遺音。
無迹有所匿，寂寞聲必沉。肆目眇弗及，緬然若雙潛。
南望泣玄渚，北邁涉長林。谷風拂脩薄，油雲翳高岑。
亹亹孤獸騁，嚶嚶思鳥吟。感物戀堂室，離思一何深。
佇立慨我歎，寤寐涕盈衿。惜無懷歸志，辛苦誰爲心。

羈旅遠遊宦託身承華側撫劒遵銅輦振纓盡祇肅
歲月一何易寒暑忽已革載離多悲心感物情悽惻
慷慨遺安念永嘆廢寢食思樂樂難誘日歸歸未尅
憂苦欲何爲纏綿胷與臆仰瞻陵霄鳥羡爾歸飛翼

又赴洛道中二首

揔轡登長路嗚咽辭密親借問子何之世網嬰我身
永嘆遵北渚遺思結南津行行遂已遠野途曠無人
山澤紛紆餘林薄杳阡眠虎嘯深谷底雞鳴高樹巔
哀風中夜流孤獸更我前悲情觸物感沈思鬱纏綿
佇立望故鄉顧影悽自憐
遠遊越山川山川脩且廣振策陟崇丘安轡遵平莽

同書葉處當作幄
又集朝採南澗藻
以下六句並與下招隱
詩同惟葉作藻

夕息抱影寐朝徂銜思往頓轡倚嵩巖側聽悲風響
清露墜素輝明月一何朗撫枕不能寐振衣獨長想

招隱

駕言尋飛遁山路鬱盤桓芳蘭振蕙葉玉泉涌微瀾
嘉卉獻時服靈术進朝湌朝採南澗藻夕息西山足
輕條象雲構密葉成翠屋結風佇蘭林廻芳薄秀木
尋山求逸民穹谷幽且遐清泉盪玉渚文魚躍中波

園葵

種葵北園中葵生鬱萋萋朝榮東北傾夕穎西南晞
零露垂鮮澤朗月耀其輝時逝柔風戢歲暮商飈飛
曾雲無温液嚴霜有凝威幸蒙高墉德玄景蔭素蕤

豐條並春盛落葉後秋衰慶彼晚彫福忘此孤生悲

招隱

明發心不夷振衣聊躑躅躑躅欲安之幽人在浚谷
朝采南澗藻夕息西山足輕條象雲構密葉成翠幄
結風佇蘭林回芳薄秀木山溜何泠泠飛泉漱鳴玉
哀音附靈波頹響赴曾曲至樂非有假安事澆淳樸
富貴苟難圖稅駕從所欲

於承明作與士龍

牽世嬰時網駕言遠徂征飲餞豈異族親戚弟與兄
婉孌居人思紆鬱游子情明發遺安寐寤言涕交纓分
途長林側揮袂萬始亭佇眄要遐景傾耳玩餘聲南

歸戀永安北邁頓承明永安有昨軌承明子棄予俯
仰悲林薄慷慨含辛楚懷往歡絶端悼來憂成緒感
别慘舒翮思歸樂遵渚

吳王郎中時從梁陳作

在昔蒙嘉運矯迹入崇賢假翼鳴鳳條濯足升龍淵
玄冕無醜士冶服使我妍輕劒拂鞶礪長纓麗且鮮
誰謂伏事淺契闊踰三年薄言肅後命改服就藩臣
夙駕尋清軌遠遊越梁陳感物多遠念慷慨懷古人

贈馮文羆遷斥丘令

於皇聖世時文惟晉受命自天奄有黎獻閶闔既闢
承華再建明明在上有集惟彥奕奕馮生哲問允迪

天保定子靡德不鑠邁心玄曠矯志崇邈遵彼承華其容灼灼嗟我人斯戢翼江潭有命集止翻飛自南出自幽谷及爾同林雙情交映遺物識心人亦有言交道實難有頍者弁千載一彈今我與子曠世齊歡利斷金石氣惠秋蘭羣黎未綏帝用勤止我求明德肆于百里僉曰爾諧俾民是紀乃眷北徂對揚帝祉疇昔之遊好合纏緜借曰未洽亦既三年居陪華幄出從朱輪方驥齊鑣比迹同塵之子既命四牡項領遵塗遠蹈騰軌高騁慶雲扶質清風承景嗟我懷人其邁唯永否泰苟殊窮達有違及子春華後爾秋暉逝將去我陟彼朔陲非子之念心孰爲悲

答之下别本有云爾二字

荅賈謐 并序

余昔爲太子洗馬魯公賈長淵以散騎常侍侍東宫積年余出補吴王郎中令元康六年入爲尚書郎魯公贈詩一篇作此詩荅之

伊昔有皇肇濟黎蒸先天創物景命是膺降及群后迭毁迭興邈矣終古崇替有徵在漢之季皇綱幅裂火辰匿暉金虎曜質雄臣馳騖義夫赴節釋位揮戈言謀王室王室之亂靡邦不泯如彼墜景曾不可振乃眷三哲俾乂斯民啓土雖難改物承天爰兹有魏即宫天邑吴實龍飛劉亦岳立干戈載揚俎豆載戢民勞師興國玩凱入天厭霸德皇祚告釁獄訟違魏

比別本作家
服殊殊別本作姅

謳歌適晉陳留歸蕃我皇登禪庸岷稽顙三江改獻
赫矣隆晉奄宅率土對揚天人有秩斯祜惟公太宰
光翼二祖誕育洪胄纂戎于魯東朝既建淑問峩峩
我求明德濟同以和魯公戾止袞服委蛇思媚皇儲
高步承華昔我逮茲時惟下僚及子棲遲同林異條
年殊志比服殊義稠游跨三春情固二秋祗承皇命
出納無違往踐蕃朝來步紫微升降祕閣我服載暉
孰云匪懼仰肅明威分索則易攜手實難念昔良游
茲焉永歎公之云感貽此音翰蔚彼高藻如玉如蘭
惟漢有木曾不踰境惟南有金萬邦作詠民之胥好
狷狂厲聖儀形在昔予聞子命

贈尚書郎顧彥先 二首

大火貞朱光積陽熙自南望舒離金虎屛翳吐重陰
淒風迕時序苦雨遂成霖朝游忘輕羽夕息憶重衾
感物百憂生纏綿自相尋與子隔蕭牆蕭牆阻且深
形影曠不接所託聲與音音聲日夜闊何用慰吾心

朝游游層城夕息旋直廬迅雷中宵激驚電光夜舒
玄雲拖朱閣振風薄綺疏豐注溢脩霤黃潦浸階除
停陰結不解通衢化爲渠沈稼湮梁潁流民泝荆徐
眷言懷桑梓無乃將爲魚

贈顧交趾公真

顧侯體明德清風肅已邁發迹翼藩后改授撫南裔

伐鼓五嶺表揚旌萬里外遠績不辭小立德不在大
高山安足凌巨海猶縈帶惆悵瞻飛駕引領望歸旆

贈從兄車騎

孤獸思故藪離鳥悲舊林翩翩游宦子辛苦誰爲心
彷彿谷水陽婉孌崑山陰營魄懷茲土精爽若飛沉
寤寐靡安豫願言思所欽感彼歸塗艱使我怨慕深
安得忘歸草言樹背與襟斯言豈虛作思鳥有悲音

荅張士然

絜身躋秘閣秘閣峻且玄終朝理文案薄暮不遑眠
駕言巡明祀致敬在祈年逍遙春王圃躑躅千畝田
迴渠繞曲陌通波扶直阡嘉穀垂重穎芳樹發華顛

余固水鄉士揔戀臨清泉戚戚多遠念行行遂成篇

贈馮文羆

昔與二三子游息承華南拊翼同枝條翻飛各異尋
苟無淩風翮徘徊守故林慷慨誰爲感願言懷所欽
發軫清洛汭驅馬大河陰佇立望朔塗悠悠逈且深
分索古所悲志士多苦心悲情臨川結苦言隨風吟
愧無雜佩贈良訊代兼金夫子茂遠猷款誠寄惠音

贈弟士龍

行矣怨路長惄焉傷別促指迷悲有餘臨觴歎不足
我若西流水子爲東峙岳慷慨逝言感徘徊居情育
安得携手俱契闊成騑服

祖道畢雍孫劉邊仲潘正叔

皇儲 延髦俊多士出幽遐適遂時來運與子遊承華執笏崇賢内振纓層城阿畢劉贊文武潘生莅邦家感别懷遠人願言歎以嗟

荅潘尼

於穆同心如瓊如琳我東曰徂來餞其琛彼美潘生實綜我心探我玉懷疇爾惠音

贈潘尼

水會於海雲翔于天道之所混孰後孰先及子雖殊同升太玄舍被玄冕襲此雲冠遺情市朝永志丘園靜猶幽谷動若揮蘭

贈紀士

瓊瓌俟豐價窈窕不自鬻有美蛾眉子惠音清且淑
修姱協姝麗華顔婉如玉

爲陸思遠婦作

二合兆嘉偶女子禮有行潔己入德門終遠母與兄
如何駛時寵遊宦忘歸寧雖爲三載婦顧景媿虛名
歲暮饒悲風洞房涼且清撫枕循薄質非君誰見榮
離君多悲心寤寐勞人情敢忘桃李陋側想瑶與瓊

爲顧彦先贈婦二首

辭家遠行游悠悠三千里京洛多風塵素衣化爲緇
修身悼憂苦感念同懷子隆思亂心曲沉歡滯不起

游一本作浙

歡沉難尅興心亂誰爲理願假歸鴻翼翩飛游江汜
東南有思婦長嘆充幽闥借問歎何爲佳人眇天末
游宦久不歸山川脩且闊形影參商乖音息曠不達
離合非有常譬彼絃與筈願保金石軀慰妾長飢渇

為周夫人贈車騎一首

碎碎織細練爲君作縑襦君行豈有顧憶君是妾夫
昔者得君書聞君在高平今時得君書聞君在京城
京城華麗所璀璨多異端男兒多遠志豈知妾念君
昔者與君别歲律薄将暮日月一何速素秋墜湛露
湛露何冉冉思君隨歲晩對食不能湌臨觴不能飲

陸士衡文集卷第五

同書案玉當作王
張衡賦王鮪岫居
博物志河陰岫穴
出王鮪

陸士衡文集卷第六

晉平原内史吳郡陸　機　士衡

擬古十二首

樂府十七首

擬古十二首

擬行行重行行

悠悠行邁遠戚戚憂思深此思亦何思思君徽與音
音徽日夜離緬邈若飛沉玉鮪懷河岫晨風思北林
遊子眇天末還期不可尋驚飆褰反信歸雲難寄音
佇立想萬里沉憂萃我心攬衣有餘帶循形不盈衿
去去遺情累安處撫清琴

棟一本作梁

常一本作恒

皖當作睆

擬今日良宴會

閑夜命懽友置酒迎風館齊童梁甫吟秦娥張女彈
哀音繞棟宇遺響入雲漢四座咸同志羽觴不可筭
高談一何綺蔚若朝霞爛人生無幾何爲樂常苦晏
譬彼伺晨鳥揚聲當及旦曷爲常憂苦守此貧與賤

擬迢迢牽牛星

昭昭清漢暉粲粲光天步牽牛西北迴織女東南顧
華容一何冶揮手如振素怨彼河無梁悲此年歲暮
跂彼無良緣皖焉不得度引領望大川雙涕如霑露

擬涉江採芙蓉

上山採瓊蘂穹谷繞芳蘭采采不盈掬悠悠懷所歡

故鄉一何曠山川阻且難沉思鍾萬里躑躅獨吟嘆

擬青青河畔草

靡靡江蘺草熠燿生河側皎皎彼姝女阿那當軒織
粲粲妖容姿灼灼美顔色良人遊不歸偏棲獨隻翼
空房來悲風中夜起歎息

擬明月何皎皎

安寢北堂上明月入我牖照之有餘輝攬之不盈手
凉風繞曲房寒蟬鳴高柳踟躕感節物我行永已久
遊宦會無成離思難常守

擬蘭若生朝陽

嘉樹生朝陽凝霜封其條執心守時信歲寒終不彫

美人何其曠灼灼在雲霄隆想彌年月長嘯入飛飈
引領望天末譬彼向陽翹

擬青青陵上栢

苒苒高陵蘋習習隨風翰人生當幾時譬彼濁水瀾
戚戚多滯念置酒宴所歡方駕振飛轡遠遊入長安
名都一何綺城闕鬱盤桓飛閣纓虹帶層臺冒雲冠
高門羅北闕甲第椒與蘭俠客控絕景都人驂玉軒
遨遊放情願慷慨爲誰歎

擬東城一何高

西山何其峻曾曲鬱崔嵬零露彌天墜蕙葉憑林衰
寒暑相因襲時逝忽如頹三閭結飛轡大耋嗟落暉

豊別本作灃

曷爲牽世務中心若有違京洛多妖麗玉顔侔瓊蕤
閑夜撫鳴琴惠音清且悲長歌赴促節哀響逐高徽
一唱萬夫歎再唱梁塵飛思爲河曲鳥雙游豊水湄

擬西北有高樓

高樓一何峻迢迢峻而安綺窻出塵冥飛陛躡雲端
佳人撫琴瑟纖手清且閑芳氣隨風結哀響馥若蘭
玉容誰能顧傾城在一彈佇立望日昃躑躅再三歎
不怨佇立久但願歌者歡思駕歸鴻羽比翼雙飛翰

擬庭中有奇樹

歡友蘭時往迢迢匿音徽虞淵引絶景四節逝若飛
芳草久已茂佳人竟不歸躑躅遵林渚惠風入我懷

感物戀所歡採此欲貽誰

擬明月皎夜光

歲暮涼風發昊天肅明明招搖西北指天漢東南傾
朗月照閑房蟋蟀吟户庭翻翻歸鴈集嘒嘒寒蟬鳴
疇昔同宴友翰飛戾高冥服美改聲聽居愉遺舊情
織女無機杼大梁不架楹

樂府十七首

猛虎行

渴不飲盜泉水熱不息惡木陰惡木豈無枝志士多
苦心整駕肅時命杖策將遠尋飢食猛虎窟寒棲野
雀林日歸功未建時往歲載陰崇雲臨岸駭鳴條隨

風吟靜言幽谷底長嘯高山岑急絃無懦響亮節難
爲音人生誠未易曷云開此襟眷我耿介懷俯仰愧
古今

君子行

天道夷且簡人道險而難休咎相乘躡翻覆若波瀾
去疾苦不遠疑似實生患近火固宜熱履冰豈惡寒
掇蜂滅天道拾塵惑孔顏逐臣尚何有棄友焉足歎
福鍾恒有兆禍集非無端天損未易辭人益猶可歡
朗鑒豈遠假取之在傾冠近情苦自信君子防未然

從軍行

苦哉遠征人飄颻窮四遐南陟五嶺巔北戍長城阿

谿谷深無底崇山鬱嵯峨奮臂攀喬木振迹涉流沙
隆暑固已慘涼風嚴且苛夏條焦鮮藻寒氷結衝波
胡馬如雲屯越旗亦星羅飛鋒無絶影鳴鏑自相和
朝飡不免冑夕息常負戈苦哉遠征人拊心悲如何

豫章行

汎舟清川渚遥望高山陰川陸殊塗軌懿親將遠尋
三荆懽同株四鳥悲異林樂會良自古悼别豈獨今
寄世將幾何日昃無停陰前路既已多後塗隨年侵
促促薄暮景亹亹鮮克禁曷爲復以茲曾是懷苦心
遠節嬰物淺近情能不深行矣保嘉福景絶繼以音

苦寒行

穹別本作竆

北遊幽朔城涼野多嶮艱俯入穹谷底仰陟高山盤
凝氷結重磵積雪被長巒陰雲興嵒側悲風鳴樹端
不覩白日景但聞寒鳥喧猛虎憑林嘯玄猿臨岸歎
夕宿喬木下慘愴恒鮮歡渴飲堅氷漿飢待零露飡
離思固已久寤寐莫與言劇哉行役人慊慊恒苦寒

飲馬長城窟行

驅馬陟陰山山陰（高）馬不前往問陰山候勁虜在燕然
戎車無停軌旌旆屢徂遷仰憑積雪嵒俯涉堅氷川
冬來秋未反去家邈以緜獫狁亮未夷征人豈徒旋
末德爭先鳴凶器無兩全師克薄賞行軍沒微軀捐
將遵甘陳迹收功單于旃振旅勞歸士受爵槀街傳

門有車馬客行

門有車馬客駕言發故鄉念君久不歸濡跡涉江湘投袂赴門塗攬衣不及裳拊膺携客泣掩淚叙温凉借問邦族間惻愴論存亡親友多零落舊齒皆彫喪市朝亙遷易城闕或丘荒墳壟日月多松栢鬱芒芒天道信崇替人生安得長慷慨惟平生俛仰獨悲傷

君子有所思行

命駕登北山延佇望城郭廛里一何盛街巷紛漠漠甲第崇高闥洞房結阿閣曲池何湛湛清川帶華薄邃宇列綺窻蘭室接羅幕淑貌色斯升哀音承顔作人生誠行邁容華隨年落善哉膏梁士營生奥且博宴

安消靈根酖毒不可恪無以肉食資取笑葵與藿

齊謳行

營丘負海曲沃野爽且平洪川控河濟崇山入高冥
東被姑尤側南界聊攝城海物錯萬類陸產尚千名
孟諸吞楚夢百二侔秦京惟師恢東表桓后定周傾
天道有迭代人道無久盈鄙哉牛山歎未及至人情
爽鳩苟已徂吾子安得停行行將復去長存非所營

日出東南隅行 或曰羅敷艷歌

扶桑升朝暉照此高臺端高臺多妖麗濬房出清顏
淑貌耀皎日惠心清且閑美目揚玉澤蛾眉象翠翰
鮮膚一何潤秀色若可飡窈窕多容儀婉媚巧笑言

暮春春服成粲粲綺與紈金雀垂藻翹瓊佩結瑶璠
方駕揚清塵濯足洛水瀾藹藹風雲會佳人一何繁
南崖充羅幕北渚盈軿軒清川含藻景高岸被華丹
馥馥芳袖揮泠泠纖指彈悲歌吐清響雅舞播幽蘭
丹脣含九秋妍迹陵七盤赴曲迅驚鴻蹈節如集鸞
綺態隨顔變沈姿無定源俯仰紛阿那顧步咸可懽
遺芳結飛飈浮景映清湍治容不足詠春游良可歎

長安有狹邪行

伊洛有歧路歧路交朱輪輕蓋承華景騰步躡飛塵
鳴玉豈樸儒憑軾皆俊民烈心厲勁秋麗服鮮芳春
余本倦游客豪彦多舊親傾蓋承芳訊欲鳴當及晨

底當作枝

守一不足矜歧路良可遵規行無曠迹矩步豈逮人投足緒已爾四時不必循將遂殊塗軌要子同歸津

前緩聲歌

游僊聚靈族高會曾城阿長風萬里舉慶雲鬱嵯峨宓妃興洛浦王韓起太華北徵瑶臺女南要湘川娥肅肅霄駕動翩翩翠蓋羅羽旗栖瓊鸞玉衡吐鳴和太容揮高絃洪崖發清歌獻酬既已周輕舉乘紫霞揔轡扶桑底濯足暘谷波清輝溢天門垂慶惠皇家

長歌行

逝矣經天日悲哉帶地川寸陰無停晷尺波豈徒旋年往迅勁矢時來亮急弦遠期鮮克及盈數固希全

容華夙夜零體澤坐自捐茲物苟難停吾壽安得延
俛仰逝將過倏忽幾何間慷慨亦焉訴天道良自然
但恨功名薄竹帛無所宣迨及歲未暮長歌承我閑

吴趨行

楚妃且勿歎齊娥且莫謳四坐並清聽聽我歌吴趨吴
趨自有始請從閶門起閶門何峨峨飛閣跨通波重欒
承游極回軒啓曲阿藹藹慶雲被泠泠祥風過山澤
多藏育土風清且嘉泰伯導仁風仲雍揚其波穆穆
延陵子灼灼光諸華王迹頽陽九帝功興四遐大皇
自富春矯手頓世羅邦彥應運興粲若春林葩屬城
咸有士吴邑最爲多八族未足侈四姓實名家文德

熙淳懿武功侔山河禮讓何濟濟流化自滂沱淑美
難窮紀商搉爲此歌

塘上行

江蘺生幽渚微芳不足宣被蒙風雲會移居華池邊
發藻玉臺下垂影滄浪泉霑潤既已渥結根奥且堅
四節逝不處繁華難久鮮淑氣與時隕餘芳隨風捐
天道有遷易人理無常全男懽智傾愚女愛衰避妍
不惜微軀退但懼蒼蠅前願君廣末光照妾薄暮年

悲哉行

游客芳春林春芳傷客心和風飛清響鮮雲垂薄陰
蕙草饒淑氣時鳥多好音翩翩鳴鳩羽喈喈倉庚吟

幽蘭盈通谷長秀被高岑女蘿亦有託蔓葛亦有尋
傷哉客遊士憂思一何深目感隨氣草耳悲詠時禽
寤寐多遠念緬然若飛沉願託歸風響寄言遺所欽

短歌行

置酒高堂悲歌臨觴人壽幾何逝如朝霜時無重至
華不再揚蘋以春暉蘭以秋芳來日苦短去日苦長
今我不樂蟋蟀在房樂以會興悲以別章豈曰無感
憂與子忘我酒既旨我肴既臧短歌可詠長夜無荒

陸士衡文集卷第六

陸士衡文集卷第七

晉平原内史吳郡陸機　士衡

樂府　百年歌

樂府十首

折楊柳

邈矣垂天景壯哉奮地雷豐隆豈久響華光但西隤日落似有竟時逝恒若催仰悲朗月運坐觀璇蓋廻盛門無再入衰房莫苦開人生固已短出處鮮爲諧慨慨惟昔人興此千載懷升龍悲絶處葛藟變條枚寤寐豈虛歎曾是感與摧弭意無足歡願言有餘哀

鞠歌行 雜言

朝雲升應龍攀乘風遠遊騰雲端鼓鐘歇豈自歡急絃高張思和彈時希値年夙愆循已維易人知難王陽登貢公歡罕生既没國子歎嗟千載豈虛言邈矣遠念情慨然

當置酒

置酒宴佳賓瞻眺臨飛觀絶嶺隔丈餘長嶼横江半日色花上綺風光水中亂三益既葳蕤四始方葱粲

倢伃怨

倢伃去辭寵淹畱終不見寄情在玉階託意唯團扇春苔暗階除秋草蕪高殿昏黃履綦絶愁來空雨面

燕歌行

四時代序逝不追寒風習習落葉飛蟋蟀在堂露盈
墀念君客遊苦恒悲君何緬然久不歸賤妾悠悠心
無違白日既没明燈輝夜禽赴林匹鳴棲雙鳩關關
宿河湄憂來感物涕不晞非君之念思爲誰離别何
早會何遲

悲哉行

萋萋春草生王孫猶有情差池鷰始飛夭裊桃始榮
灼灼棲悅色飛飛鷰弄聲檐上雲結陰澗下風吹清
幽樹雖改觀終始在初生松蔦歡蔓延樛葛欣虆縈
眇然游宦子晤言來未弁鼻感改朔氣心傷變節榮
侘傺豈徒然澶漫絶音形風來不可託鳥去豈爲聽

梁甫吟

玉衡固已驂羲和若飛凌四運循環轉寒暑自相承
冉冉年時暮迢迢天路徵招摇東北指大火西南昇
悲風無絶響玄雲互相仍豐水憑川結零露彌天凝
年命特相逝慶雲鮮克乘履信多愆期思順焉足憑
慷慨臨川響非此孰爲興哀吟梁甫顛慷慨獨撫膺

桃當作逃

董桃行

和風習習薄林柔條布葉垂陰鳴鳩拂羽相尋倉庚
喈喈弄音感時悼逝傷心日月相追周旋萬里倏忽
幾年人皆冉冉西迁盛時一往不還慷慨乖念悽然
昔爲少年無憂常慽秉燭夜遊翩翩常征何求于今

知此有由但爲老去年適盛固有衰不疑長夜冥冥無期何不驅馳及時聊樂永日自怡賫此遺情何之人生居世爲安豈若及時爲歡世道多故萬端憂慮紛錯交顔老行及之長歎

月重輪行

人生一時月重輪盛年安可持月重輪吉凶倚伏百年莫我與期臨川曷悲悼茲去不從肩月重輪功名不勗之善哉古人揚聲敷聞九服身名流何穆既自才難既嘉運亦易愆俛仰行老存没將何所觀志士慷慨獨長歎獨長歎

日重光行

讙當作譁

日重光柰何天廻薄日重光冉冉其遊如飛征日重光今我日華華之盛日重光倏忽過亦安停日重光盛往衰亦必來日重光譬如四時固恒相催日重光惟命有分可營日重光但惆悵才志日重光身殁之後無遺名

挽歌三首

卜擇考休貞嘉命咸在兹夙駕驚[警]徒御結轡頓重基龍幰被廣柳前驅矯輕旗殯宮何嘈嘈哀響沸中闈中闈且勿讙聽我薤露詩死生各異倫祖載當有時舍爵兩楹位啓殯進靈轜飲餞觴莫舉出宿歸無期帷衽曠道影棟宇與子辭周親咸奔湊友朋自遠來

翼翼飛輕軒駸駸策素騏按轡遵長薄送子長夜臺
呼子子不聞泣子子不知歎息重櫬側念我疇昔時
三秋猶足收萬世安可思殉沒身易亡殺子非所能
含言言哽噎揮涕涕流離
流離親友思惆悵神不泰素驂佇轜軒玄駟鶩飛蓋
哀鳴興殯宮迴遲悲野外魂輿寂無響但見冠與帶
備物象平生長旌誰爲旆悲風徽行軌傾雲結流靄
振策指靈丘駕言從此逝
重阜何崔嵬玄廬竄其間旁薄立四極穹隆放蒼天
側聽陰溝涌臥觀天井懸廣宵何寥廓大暮安可晨
人往有返歲我行無歸年昔居四民宅今託萬鬼隣

昔爲七尺軀令成灰與塵金玉素所佩鴻毛今不振
豐肌饗螻蟻妍姿永夷泯壽堂延魑魅虛無自相賓
螻蟻爾何怨魑魅我何親拊心痛荼毒永歎莫爲陳

百年歌十首

一十時顔如蕣華曄有暉體如飄風行如飛孌彼孺子相追隨終朝出遊薄暮歸六情逸豫心無違清酒漿炙奈樂何清酒漿炙奈樂何

二十時膚體彩澤人理成美目淑貌灼有榮被服冠帶麗且清光車駿馬遊都城高談雅步何盈盈清酒漿炙奈樂何清酒漿炙奈樂何

三十時行成名立有令聞力可扛鼎志干雲食如漏

危氣如熏辭家觀國綜典文高冠素帶煥翩紛清酒
漿炙桼樂何清酒漿炙桼樂何
四十時體力克壯志方剛跨州越郡還帝鄉出入承
明擁大璫清酒漿炙桼樂何清酒漿炙桼樂何
五十時荷旄仗節鎮邦家鼓鍾嘈囋趙女歌羅衣綷
縩金翠華言笑雅舞相經過清酒漿炙桼樂何清酒
漿炙桼樂何
六十時年亦耆艾業亦隆驂駕四牡入紫宮軒冕納
那翠雲中子孫昌盛家道豐清酒漿炙桼樂何清酒
漿炙桼樂何
七十時精爽頗損膂力愆清水明鏡不欲觀臨樂對

酒轉無歡攬形脩髮獨長歎
八十時明已損目聰去耳前言往行不復紀辭官致
禄歸桑梓安車駟馬入舊里樂事告終憂事始
九十時日告耽瘁月告衰形體雖是志意非多言謬
誤心多悲子孫朝拜或問誰指景玩日慮安危感念
平生淚交揮
百歲時盈數已登肌肉單四支百節還相患目若濁
鏡口垂涎呼吸嚬蹙反側難茵褥滋味不復安

秋胡行

道雖一致塗有萬端吉凶紛藹休咎之源人鮮知命
命未易觀生亦何惜功名所歎

順東西門行

日出西門望天庭陽谷旣虛崦嵫盈感朝露悲人生逝者若斯安得停桑樞戒蟋蟀鳴我今不樂歲聿征迨未年莫及世平置酒高堂宴友生激朗笛彈哀箏取樂今日盡歡情

上留田行

嗟行人之藹藹駿馬陟原風馳輕舟汎川雷邁寒往暑來相尋零雪霏霏集宇悲風徘徊入襟歲華冉冉方除我思纏綿未紓感時悼逝悽如

隴西行

我靜而鏡民動如烟事以形兆應以象懸豈曰無才

世鮮興賢

駕言出北闕行

駕言出北闕躑躅遵山陵長松何鬱鬱丘墓互相承
念昔徂歿子悠悠不可勝安寢重冥廬天壤莫能興
人生何所促忽如朝露凝辛苦百年間慼慼如履氷
仁知亦何補迁化有明徵求仙鮮克仙太虛不可凌
良會罄美服對酒宴同聲

太山吟

太山一何高迢迢造天庭峻極周已遠曾雲鬱冥冥
梁甫亦有館蒿里亦有亭幽塗延萬鬼神房集百靈
長吟太山側慷慨激楚聲

櫂歌行

遲遲暮春日天氣柔且嘉元吉隆初巳濯穢遊黃河
龍舟浮鷁首羽旗垂藻葩乘風宣飛景逍遥戲中波
名謳激清唱榜人縱棹歌投綸沉洪川飛繳入紫霞

東武行吟

投跡短世間高步長生闈濯髮冒雲冠洗身被羽衣
飢從韓衆餐寒就佚女棲

飲酒樂

蒲萄四時芳醇瑠璃千鍾舊賓夜飲舞遲銷燭朝醒
弦促催人

陸士衡文集卷第七

陸士衡文集卷第八

晉平原内史吴郡陸　機　士衡

雜著

演連珠五十首

七徵一首

演連珠五十首

臣聞日薄星迴穹天所以紀物山盈川冲后土所以播氣五行錯而致用四時違而成歲是以百官恪居以赴八音之離明君執契以要克諧之會

臣聞任重於力才盡則困用廣其器應博則凶是以物勝權而衡殆形過鏡則照窮故明主程才以效業

貞臣底力而辭豐

臣聞髦俊之才世所希乏丘園之秀因時則揚是以大人基命不擢才於后土明主聿興不降佐於昊倉

臣聞世之所遺未爲非寶主之所珍不必適治是以俊乂之藪希蒙翹車之招金碧之峊必辱鳳舉之使

臣聞禄五臣本施於寵非隆家之舉官私於親非興邦之選是以三卿世及東國多衰敝之政五侯並軌西京有陵夷之運

臣聞靈輝朝覲稱物納照時風夕灑程形賦音是以至道之行萬類取足於世大化既洽百姓無匱於心

臣聞頓網探淵不能招龍振綱羅雲不必招鳳是以

禄五臣本施於寵七字誤文選及它本皆作禄放於寵

同書案五臣本三字乃旁注誤入正文

巢箕之叟不眄丘園之幣洗渭之民不發傳嵓之夢

臣聞鑒之積也無厚而照有重淵之深目之察也有畔而眡周天壤之際何則應事以精不以形造物以神不以器是以萬邦凱樂非悅鍾鼓之娛天下歸仁非感玉帛之惠

臣聞積實雖微必動於物崇虛雖廣不能移心是以都人冶容不悅西施之影乘馬班如不輟太山之陰

臣聞應物有方居難則易藏器在身所乏者時是以充堂之芳非幽蘭所難繞梁之音實縈絃所思

臣聞智周通塞不爲時窮才經夷險不爲世屈是以陵飇之羽不求反風曜夜之目不思倒日

臣聞忠臣率志不謀其報貞士發憤期在明賢是以柳莊黜殯非貪瓜衍之賞禽息碎首豈要先茅之田

臣聞利眼臨雲不能垂照朗璞蒙垢不能吐暉是以明哲之君時有蔽壅之累俊乂之臣屢抱後時之悲

臣聞郁烈之芳出於委灰繁會之音生於絕絃是以貞女要名於没世烈士赴節於當年

臣聞良宰謀朝不必借威貞士衛生脩身則足是以三晉之強屈於齊堂之俎千乘之勢弱於陽門之哭

臣聞赴曲之音洪細入韻蹈節之容俯仰依詠是以言苟適事精麄可施士苟適道脩短可命

臣聞因雲洒潤則芬澤易流乘風載響則音徽自遠

是以德教俟物而濟榮名緣時而顯

臣聞覽影偶質不能解獨指跡纂遠無救於遲是以循虛器者非應物之具翫空言者非致治之機

臣聞鑽燧吐火以續暘谷之晷揮翮生風而繼飛廉之功是以物有微而毗著事有瑣而助洪

臣聞春風朝昫蕭艾蒙其温秋霜宵墜芝蕙被其凉是以威以齊物爲肅德以普濟爲弘

臣聞性之所期貴賤同量理之所極卑高一歸是以准月稟水不能加凉晞日引火不必增輝

臣聞巧盡於器習數則貫道繫於神人亡則滅是以輪匠肆目不乏奚仲之妙瞽史清耳而無伶倫之察

臣聞絕節高唱非凡耳所悲肆義芳訊非庸聽所善是以南荆有寡和之歌東野有不釋之辯

臣聞尋煙染芬薰息猶芳徵音錄響操終則絕何則垂於世者可繼止乎身者難結是以玄晏之風恒存動神之化已滅

臣聞託闇藏形不爲巧密倚智隱情不足自匿是以重光發藻尋虛捕景大人貞觀探心昭忒

臣聞披雲看霄則天文清澄風觀水則川流平是以四族放而唐劭二臣誅而楚寧

臣聞音以比耳爲美色以悅目爲歡是以衆聽所傾非假北里之操萬夫婉孌非俟西子之顏故聖人隨

世以擢佐明主因時而命官

臣聞出乎身者非假物所隆牽乎時者非克己所昂是以利盡萬物不能叡童昏之心德表生民不能救捿遑之辱

臣聞動循定檢天有可察應無常節身或難照是以望景揆日盈數可期撫臆論心有時而謬

臣聞傾耳求音眡優聽苦澄心徇物形逸神勞是以天殊其數雖同方不能分其感理塞其通則並質不能共其休

臣聞遁世之士非受匏瓜之性幽居之女非無懷春之情是以名勝欲故偶影之操矜窮愈達故凌霄之

節厲

臣聞聽極於音不慕鈞天之樂身足於蔭無假垂天之雲是以蒲密之黎遺時雍之世豐沛之士忘桓撥之君

臣聞飛轡西頓則離朱與矇瞍收察懸景東秀則夜光與珷玞匿耀是以才換世則俱困功偶時而並劭

臣聞示應於近遠有可察託驗於顯微或可包是以寸管下傃天地不能以氣欺尺表逆立日月不能以形逃

臣聞絃有常音故曲終則改鏡無畜影故觸形則照是以虛己應物必究千變之容挾情適事不觀萬殊

之妙

臣聞柷敔希聲以諧金石之和鼙鼓疏擊以節繁絃之契是以經治必宣其通圖物恒審其會

臣聞目無常音之察耳無照景之神故在乎我者不誅之於己存乎物者不求備於人

臣聞放身而居體逸則安肆口而食屬厭則充是以玉鮪登俎不假吞波之魚蘭膏停室不思銜燭之龍

臣聞衝波安流則龍舟不能以漂震風洞發則夏屋有時而傾何則牽乎動則靜凝係乎靜則動貞是以淫風大行貞女蒙治容之誨淳化殷流盜跖挾曾史之情

臣聞達之所服貴有或遺窮之所接賤而必尋是以江漢之君悲其墜屨少原之婦哭其亡簪

臣聞觸非其類雖疾不應感以其方雖微則順是以商飇漂山不興盈尺之雲谷風乘條必降彌天之潤故闇於治者唱繁而和寡審乎物者力約而功峻

臣聞煙出於火非火之和情生於性非性之適故火壯則煙微性充則情約是以殷墟有感物之悲周京無佇立之跡

臣聞適物之技俯仰異用應事之器通塞異任是以鳥棲雲而繳飛魚藏淵而網沉賁鼓密而含響朗笛踈而吐音

臣聞理之所守勢所常奪道之所閉權所必開是以生重於利故據圖無揮劒之痛義重於身故臨川有投跡之哀

臣聞圖形於影未盡纖麗之容察火於灰不覩洪赫之烈是以問道存乎其人觀物必造其質

臣聞通於變者用約而利博明其要者器淺而應玄是以天地之賾該於六位萬殊之曲窮於五絃

臣聞情見於物雖遠猶疎神藏於形雖近則密是以儀天步晷而脩短可量臨淵揆水而淺深難察

臣聞虐暑熏天不減堅氷之寒涸陰凝地無累陵火之熱是以吞縱之強不能反蹈海之志漂櫓之威不

能降西山之節

臣聞理之所開力所常達數之所塞威有必窮是以烈火流金不能焚景沉寒凝海不能結風

臣聞足於性者天損不能入貞於期者時累不能淫是以迅風凌雨不謬晨禽之察勁陰殺節不凋寒木之心

七徵

玄虛子耽性冲素雍容玄泊棄時俗而弗徇甘魚釣於一壑乃有通微大夫怨皇居之失實傷鴻誓之後聞榮玄黃於榛險憑穴嵒而放言通微大夫曰奇膳玉食窮滋致豐簡犧羽族考牲毛宗俯出沉鮪仰落

歸鴻剖柔胎於孕豹宰潛肝乎豢龍拾朝陽之遺夘
納丹穴之飛鳳神宰奇稔嘉禾之穗含滋發馨素穎
玉銳灼若皓雪之頹玄雲皎若明珠之積緇匱素蟣
踊而瀺灂滋芬溢而相徽味雖濃而弗爽氣既惠而
復奇介景福於眉壽裕溫克乎齊聖子能饗之乎通
徽大夫曰豐居華殿奇搆磊落高宇雲覆千楹林錯
仰綏瑰木俯積瑛石敷延袤之廣廡矯陵霄之高閣
秀清暉乎雲表騰藻蔭之奕奕珍觀清榭岳立連行
雲階飛陛仰陟穹蒼聳浮柱而虬立施飛檐以龍翔
回房旋室綴珠襲玉圖畫神仙延祐承福懸闥高達
長廊迴屬於是登漸臺理俊音鏡玄沚望長林逐狡

獸弋輕禽覽壯藝以悅觀聆和樂而怡心子能居之乎通微大夫曰金石諧而齊響塤箎協而和鳴於是才人進羽籥女弁被藻襲俯縈領以鴻歸仰矯首而鶴立激長歌於丹脣發鏗鏘乎柔木合清商以絕節揮流徵而赴曲奏南荆之高歎詠易水之清角爾乃覩娥眉之羣麗容既都而又閑矯纖腰以逐節頓皓足於鼓盤舒妍睴以妖韶若陵苊之未安通微大夫曰蓋聞沬北有采唐之思淇上有送子之歎關雎以寤寐爲戚溱洧以謔浪爲歡若夫妖嬪艷女蒐羣擢俊穆藻儀於令表茂當年之柔嫚馨妍規之約婥體毎變而增閑秀紅蘂其愉愉若餘頴之可飡若夫靈

后書紫吾字誤从几
此影寫之譌

晷潛祖顏退羽觴升清琴厲因清明以宣誠流徽睇而授愛纖手揮而鳴佩鏗華衿被則芳塵萃子其納之乎通徽大夫曰塗有殊而一致業有殊而名約各因姿以效積期寄響於天人也孰與顯奇蹤於萬邦撫六轡而高遊瞰八宇以攄眠濟清風乎諸侯言成冗泰氣作溫涼弭侵略於強暴綜墜紀乎危邦子豈不願斯之雍容乎通徽大夫曰明主應期撫民以德配仁風於黃唐齊威虛乎宸極彝倫幸序庶績咸乂盪流風於雍俗給天民乎齊泰是以玄靈感而表應嘉神繁而畢覿舞唐庭之來儀鳴岐陽之鸑鷟應天監之休命荷神聽之介福然聖主達持盈之寶術寤

經國之在賢各畢榮於分高期賛化於大鈞吾子豈不欲縻好爵於天宇顯列業乎帝臣歟玄虛子作而言曰甚哉鄙人之感也猶窮繩自逸於井幹憑河盜本於黄川欽至論敷蔽衽謹聞命於王孫

蔽別本作敝

陸士衡文集卷第八

同書集名當作臣

陸士衡文集卷第九

晉平原內史吳郡陸　機　士衡

頌箴贊牋表文誄哀辭

别本有序

慘當作墋

弔大帝誄

愍懷太子誄

吳貞獻處士陸君誄

弔丞相江陵侯陸公誄

吳大司馬陸公誄

晉劉處士參妻王氏夫人誄

吳大司馬陸公少女哀辭

漢高祖功臣頌

頌曰芒芒宇宙上慘下黷波振四海塵飛五岳九服徘徊三靈改卜赫矣高祖肇載天禄沈跡中鄉飛名帝錄慶雲應輝皇階授木龍興泗濱虎嘯豐谷彤雲

人別本作民

玄當作爰別本作爰

彌別本作弭

書聚素靈夜哭金精仍頹朱光以渥萬邦宅心駿人效足堂堂蕭公王跡是因綢繆叡后無競惟人外濟六師内撫三秦拔奇夷難邁德振民體國垂制上穆下親名蓋羣后是謂宗臣平陽樂道在變則通爰淵玄嘿有此武功長驅河朔電擊壞東協策淮陰亞跡蕭公文成作師通幽洞冥永言配命因心則靈窮神觀化望景揣情鬼無隱謀物無遁形武關是闢鴻門是寧隨難滎陽即謀下邑銷印惎廢推齊勸立運籌固陵定策東襲三王從風五侯允集覇楚實喪皇漢凱入怡顏高覽彌翼鳳戢託跡黄老辭世却粒曲逆宏達好謀能深游精杳漠神跡是尋重玄匪奥九地

送別本作哭

匪沉代謀先兆擿響于音寄謀六奮嘉聲四迴規主
以足離項于懷格人乃謝楚翼寔摧韓王窘執胡馬
洞開迎文以謀送高以哀灼灼淮陰靈武冠世策出
無方思入神契奮臂雲興騰跡虎噬陵險必夷摧堅
則胞肇謀漢濱還定渭表京索既扼引師北討濟河
夷魏登山滅趙威亮火烈勢踰風掃拾代如遺偃齊
猶草二州肅清四邦咸舉乃眷北燕遂表東海克滅
龍且爰取其旅劉項懸命人謀是與念功推德辭通
絶楚彭越觀時韜跡匿光人具爾瞻翼爾鷹揚威陵
楚域質委漢王靖難河濟即宮舊梁烈烈黥布耽耽
其眄名冠強楚鋒猶駭電覩機蟬蛻悟主革面肇彼

遺文選作違

梟風翻爲我扇天命方輯王在東夏矯矯三雄至于
垓下元凶既夷寵祿來假保大全祚非德孰可謀之
不臧舍福取禍張耳之賢有聲梁魏士也罔極自貽
伊媿俯思舊恩仰察五緯朓跡遺難披榛來洎改策
西秦報辱北冀悴葉更耀枯條以肆王信韓孽宅土
開疆我圖爾才越遷晉陽盧綰自微婉孌我皇跨功
踰德祚爾輝章人之貪禍寧爲亂亡吳芮之王祚由
梅鋗功微勢弱世載忠賢肅肅荆王董我王軍我圖
四方殷薦其勳庸親祚勞舊楚是分往踐厥宇大啓
淮濆安國違親悠悠我思依依哲母既明且慈引身
伏劒永言固之淑人君子寔邦之基義形於色憤發

墉文選作庸按漢書英布傳壁庸城鄧展曰地名也墉誤

師當作帥

於辭主亡與亡末命是期絳侯質木多略寡言曾是
忠勇惟帝攸歎雲騖靈丘景逸上蘭平代禽豨奄有
燕韓寧亂以武斃呂以權滌穢紫宮徵帝太原實惟
太尉劉宗以安挾功震主自古所難勳曜上代身終
下藩舞陽道迎延帝幽藪宣力王室匪惟厥武揔于
鴻門披闥帝宇聳顏誚項掩淚寤主曲周之進于其
哲兄俾率爾徒從王于征振威龍脫攄武墉城六師
寔因克荼禽黥猗歟汝陰綽綽有裕戎軒肇跡荷策
來附馬煩轡殆不釋擁樹皇儲時乂平城有謀顛陰
銳敏屢爲軍鋒奮戈東城禽項定功乘風藉響高步
長江收吴引淮光啓于東陽陵之勳元師是承信武

照當作昭

薄伐揚節江陵夷王殄國俾亂作懲恢恢廣野誕節令圖進謁嘉謀退守名都東窺白馬北距飛狐即倉敖庾據險三塗輶軒東踐漢風載徂身死于齊非説之辜我皇寔念言祚爾孤建信委輅被褐獻寶指明周漢銓時論道移帝伊洛定都酆鎬柔遠鎮邇寔敬攸考抑抑陸生知言之貫往制勁越來訪皇漢附會平勃夷凶剪亂所謂伊人邦家之彥百王之極舊章靡存漢德雖朗朝儀則昏稷嗣制禮下肅上尊穆穆帝典煥其盈門風睎三代憲流後昆無知叡敏獨照奇跡察侔蕭相貺同師錫隨何辯達因資於敵舒漢披楚嶉生之績皤皤董叟謀我平陰三軍縞素天下歸

心衷生秀朗沉心善照漢旆南振楚威自撓大略淵
回元功響効邈哉惟人何識之妙紀信誑項軺軒是
乘攝齋赴節用死孰懲身與煙消名與風興周苛慷
慨心若懷氷形可以暴志不可陵貞軌偕没亮跡雙
升帝疇爾庸後嗣是膺天命雖順王心有違懷親望
楚永言長悲矦公伏軾皇媪來歸是謂平國寵命有
輝震風過物清濁効響大人于興利在攸往弘海者
川崇山惟壤韶護錯音袞龍比象明明衆哲同濟天
綱劒宣其利鑒獻其朗文武四充漢祚克廣悠悠遐
風千載是仰

丞相箴

夫導民在簡爲政以仁仁實生愛簡亦易遵罔疏下睦禁密巧繁深文碎教伊何能存故人不可以不審任不可以不忠捨賢昵讒則喪爾邦且偏見則昧專聽誨疑耳目之用亦各有期夫豈不察而惟牆隔之矜己任智是蔽是欺德無遠而不復惡何適而不追存亡日鑒成敗代陳人咸知鏡其皃而莫能照其身

孔子贊

孔子叡聖配天弘道風扇玄流思探神賾明發懷周興言謨老靈魄有行言觀蒼昊清歌先誡丹書有造

王子喬贊

遺形靈岳顧景忘歸乘雲倏忽飄飄紫微

仕别本作任

至洛與成都王牋

王室多故禍難荐有羊玄之乘寵凶竪專記朝政姦臣賊子是爲比周皇甫商　同惡相求共爲亂階至令天子飄飄甚於贅旒伏惟相公匡濟之舉義命方宣元戎既啓風威電赫機以駑暗文武寡施猥蒙横授委仕外梱輒承嚴敎董率諸軍唯力之是視

謝平原内史表一首

陪臣陸機言今月九日魏郡太守遣兼丞張含賫板詔書印綬假臣爲平原内史拜受祗悚莫知所裁臣本吴人出自敵國世無先臣宣力之效才非丘園耿介之秀皇澤廣被惠濟無遠擢自羣萃累蒙榮進入

烈别本作列

朝九載歷官有六身登三閣官成兩宫服冕乘軒仰齒貴游振景拔迹顧邈同烈施重山岳義足灰没遭國顛沛無節可紀雖蒙曠蕩臣獨何顔俛首頓膝憂媿若厲而横爲故齊王冏所見枉陷誣臣與衆人共作禪文幽執囹圄當爲誅始臣之微誠不負天地倉卒之際慮有逼迫乃與弟雲及散騎侍郎袁瑜中書侍郎馮熊尚書右丞崔基廷尉正顧榮汝陰太守曹武思所以獲免陰蒙避回崎嶇自列片言隻字不關其間事蹤筆跡皆可推校而一朝幡然更以爲罪蕞爾之生尚不足恡區區本懷實有可悲畏逼天威即罪維謹鉗口結舌不敢上訴所天莫大之釁日經聖

敫當作敞

聽肝血之誠終不一聞所以臨難慷慨而不能不悢悢者維此而已重蒙陛下愷悌之宥回霜收電使不隕越復得扶老携幼生出獄户懷金拖紫退就散輩感恩惟咎五情震悼跼天蹐地若無所容不悟日月之明遂垂曲照雲雨之澤播及朽瘁忘臣弱才身無足采哀臣零落罪有可察苟削丹書得夷平民則塵洗天波謗絶衆口臣之始望尚未至是猥辱大命顯授符虎使春枯之條更與秋蘭垂芳陸沉之羽復與翔鴻撫翼雖安國免徒起紆青組張敞亡命坐致朱軒方臣所荷未足爲泰豈臣蒙垢含吝所宜忝竊非臣毁宗夷族所能上報喜懼参并悲慙哽結拘守常

同書集萌當作崩

憲當便道之官不得束身奔走稽顙城闕瞻係天衢馳心輦轂臣不勝屏營延仰謹拜表以聞

弔魏武帝文一首 并序

元康八年機始以臺郎出補著作游乎祕閣而見魏武帝遺令慨然歎息傷懷者久之客曰夫始終者萬物之大歸死生者性命之區域是以臨喪殯而後悲覩陳根而絕哭今乃傷心百年之際興哀無情之地意者無乃知哀之可有而未識情之可無乎機荅之曰日蝕由乎交分山萌起於朽壤亦云數而已矣然百姓怪焉者豈不以資高明之質而不免卑濁之累居常安之勢而終嬰傾離之患故夫以迴天倒日之

同書業日當作曰

同書業士當作土

力而不能振形骸之內濟世夷難之智而受困魏闕之下已而格乎上下者藏於區區之木光于四表者翳乎蕞爾之士雄心摧於弱情壯圖終於哀志長筭屈於短日遠跡頓於促路嗚呼豈特瞽史之異闕景黔黎之怪頹岸乎覩其所以顉命冢嗣貽謀四子經國之略既遠隆家之訓亦弘又云吾在軍中持法是也至於小忿怒大過失不當效也善乎達人之讜言矣持姬女而指季豹以示四子曰以累汝因泣下傷哉曩以天下自任今以愛子託人同乎盡者無餘而得乎亡者無存然而婉孌房闥之內綢繆家人之務則幾乎密與又曰吾婕妤妓人皆著銅雀臺堂上施八尺

設一本作上

汝伎二字倒置

惠别本作慧

牀張繐帳朝晡設脯糒之屬月朝十五日輒向帳作汝伎等時時登銅雀臺望吾西陵墓田又去餘香可分與諸夫人諸舍中無所爲學作履組賣也吾歷官所得綬皆著藏中吾餘衣裘可別爲一藏不能者兄弟可共分之既而竟分焉亡者可以勿求存者可以勿違求與違不其兩傷乎悲夫愛有大而必失惡有甚而必得智惠不能去其惡威力不能全其愛故前識所不用心而聖人罕言焉若乃繫情累於外物留曲念於閨房亦賢俊之所宜廢乎於是遂憤懑而獻弔云爾

接皇漢之末緒值王塗之多違佇重淵以育鱗撫慶

勅當作勍

雲而遐飛運神道以載德秉虛風而扇威摧羣雄而
電擊舉勅敵其如遺指八極以遠略必翦焉而後綏
釐三才之闕典啓天地之禁闈舉脩網之絶紀紉大
音之解徽掃雲物以貞觀要萬塗而來歸丕大德以宏
覆援日月而齊暉濟元功於九有固舉世之所推彼
人事之大造夫何往而不臻將覆簣於浚谷擠為山
乎九天苟理窮而性盡豈長筭之所研悟臨川之有
悲固梁木其必顛當建安之三八實大命之所艱
雖光昭於曩載將稅駕於此年惟降神之縣邈眇千
載而遠期信斯武之未喪膺靈符之在茲雖龍飛於
文昌非王心之所怡憤西夏以鞠旅泝秦川而舉旗

凶當作山

汍當作汍

汍是丸讀爲汍字亦作執

踰鎬京而不豫臨渭濵而有疑冀翌日之云瘳彌四旬之成災詠歸塗以反旆登崤澠而朅來次洛汭而大漸指六軍曰念哉伊君王之赫奕寔終古之所難威先天而蓋世力盪海而拔凶厄奚險而弗濟敵何強而不殘每因禍以提福亦踐危而必安迄在兹而蒙昧慮噤閉而無端委軀命以待難痛没世而永言撫四子以深念循膚體而頹歎迨營魄之未離假餘息乎音翰執姬女以嚬瘁指季豹而漼焉氣衝襟以嗚咽㖒垂睫而汍瀾違率土以靜寐戢彌天以一棺咨宏度之峻邈壯大業之允昌思居終而恤始命臨没而肇揚援貞吝以甚悔雖在我而不臧惜内顧之

忘當作亡別本作亡

孌當作戀

纒緜恨末命之微詳紆家人於履組塵清慮於餘香結遺情於婉孌何命促而意長陳法服於帷座陪窈窕於玉房宣備物於虚器發哀音於舊倡矯戚容以赴節掩零淚而薦觴物無微而不存體無惠而不忘庶聖靈之響像想幽神之復光茍形聲之翳没雖音景其必藏徽清絃而獨奏進脯糒而誰嘗悼繐帳之冥漠怨西陵之茫茫登雀臺而群悲貯美目其何望既晞古以遺累信簡禮而薄葬被裘紱於何有貽塵謗於後王嗟大孌之所存故雖哲而不忘覽遺籍以慷慨獻兹文而悽傷

弔蔡邕文

彼洪川之方割豈一簣之所堙故尼父之惠訓智必愚而後賢諒知道之巳妙曷信道之未堅忽甯子之保巳効萇叔之違天冀澄河之遠日忘朝露之短年

吴大帝誄

我皇明明固天寔生體和二合以察三精濯暉育慶懷祥載榮率性而和因心則靈厥靈伊何克聖克仁茂對四象克配乾坤齊明日月考詳鬼神誕自幼沖叡哲宿照甄化無形探景絶曜巍巍聖姿文武旣俊有覺德徽兆民欣順將熙景命經營九圍登跡岱宗班瑞舊圻上玄匪惠旱零聖暉神廬旣考史臣獻貞龍輴啓殯宵載紫庭辰旒飛藻凶旗舉銘崇華熠爍

翠蓋繁纓千乘結駟萬騎重營簫鼓振響和鑾流聲
動軫閶闔永背承明顯步萬官幽驅百靈隨化太素
即宮杳冥億兆同慕泣血如零

愍懷太子誄

明明皇子成命既駿保乂皇家載生淑亂茂德克廣
仁姿朗儁當克無疆光紹有晉如何不吊暴離咎艱
曾是遘愍匪降自天肇傾運祚遂喪華年嗚呼哀哉
沉雲既祛日月增暉靈寵可贈冤魂難追舊物東反
靈柩西歸傷我惠后寂焉翳滅銜哀駿奔凶服就列
追慕徽塵興言斷絕敢誄遺風庶存芳烈其辭曰
巍巍皇基奕奕紫微有命既集天祿永綏篤生太子

酤當作酷

纂德承茂平紹大烈時惟洪胄奇穎發翹清藻在秀誕自幼蒙逮事武皇展矣太子播此瓊芳允矣聖祖無言不臧婉孌乘輿名裕德昌龍集庚戌日月改度赫赫明明我皇登祚厥登伊何皇統是荷華紱重采翠蓋垂葩鸞旗阿那玉衡吐和聿來在宮體亮而誠肅雍皇極思媚紫庭亦既涉學遵師盛道何年之妙而察之早讜言必復秉義則考惟天有命太子膺之惟皇有慶太子承之當究遐年登茲胡耇緝熙有晉克構帝宇如何晨牝穢我朝聽仰索皇家惟塵明聖惴惴太子終溫且敬銜辭即罪掩淚祇命顯加放流潛肆鴆毒痛矣太子乃離斯酤謂天蓋高訴哀靡告

誄當作誅

鞠躬引分頷景摧剥嗚呼哀哉凡民之喪有戚有姻
太子之歿傍無昵親跼蹐嚴宫絶命禁闈幽柩偏寄
孤魂曷歸嗚呼太子生寃歿悲匹夫有怨尚或殞霜
矧乃太子萬邦攸望普天扼捥率土懷傷精感六沴
咎徵紫房爰茲元輔啓我令圖王赫斯怒天誅靡逋
攙搶叱掃元凶服辜仁詔引咎哀策東徂光復寵祚
紹建藐孤於時暉服粲焉畢陳庭旅舊物堂有故臣
孰云太子不見其人嗚呼哀哉既濟洛川靈旆左廻
三軍悽裂都邑如隤慨矣竆歎念哉悠懷

吳貞獻處士陸君誄

我聞有命天祿有秩如斯吉人而有斯疾兄弟之恩

同書案此篇中語皆見士龍所作吳故丞相陸公誄中蓋類書摘敘之而編士衡集者誤收之

无當作玉 元

漢當作漢

又案士龍集作元王至戎漢与士龍集同似不誤非謂朔漠大漠也

離形合氣矧我與君年相亞逮綢繆之遊自矇及朗孩不貳音抱或同襁撫髫並育携手相長行焉比跡誦必共響庶君偕老靈根克固附翼雲霄雙飛天路人皆年長君獨短祚穀則同朝遊矣先暮

吴丞相江陵侯陸公誄

根條伊何茁黃裔舜長發有祥貽我作肖劉王負險冠（寇）我四（西）鄰公侯赫怒干戈啓陳金鉞鏡日雲旗降文（絳天）无（元）王隕難鯨鯢墜鱗戎漢時殪方域清塵

吴大司馬陸公誄

我公承軌高風肅邁明德繼體徽音奕世昭德伊何克俊克仁德周能事體合機神禮交徒候敬睦白屋

蹴踖曲躬吐食揮沐爰及鰥寡賑此惸獨孚厥惠和
朓驂分禄乃命我公誕作元輔位表百辟名茂羣后
因是荆人造我寧宇備物典策主冠及斧龍旂飛藻
靈鼓樹羽質文殊塗百異行徹人玩其華鮮識其實
於穆我公因心則哲經綸至道終始自結德輿行滿
美與言溢

吴大司馬陸公少女哀辭

冉冉晞陽不遂其茂曄曄芳華彫芳落秀遵堂涉室
髣髴興想人皆有聲爾獨無響

晉劉處士參妻王氏夫人誄

猗猗嘉穎朝陽方翹烈風嚴霜殞此秀條璇璣倏忽

宵吟一本作吟檽

四序競征清商激宇 蟋蟀宵吟

陸士衡文集卷第九

陸士衡文集卷第十

晉平原内史吳郡陸　機　士衡

議論碑

大田議

臣聞隆名之主不改法而下治陵夷之世不易術而民怠夫商人逸而利厚農人勞而報薄導農以利則耕夫勤節商以法則游子歸

辨亡論上

昔漢氏失御姦臣竊命禍基京畿毒徧宇內皇綱弛紊王室遂卑於是羣雄蜂駭義兵四合吴武烈皇帝慷慨下國電發荆南權略紛紜忠勇伯世威稜則夷羿震盪兵交則醜虜授馘遂掃清宗祊蒸禋皇祖于時雲興之將帶州飈起之師跨邑哮闞之羣風驅熊羆之衆霧集雖兵以義合同盟戮力然皆苞藏禍心阻兵怙亂或師無謀律喪威稔寇忠規武節未有如此其著者也武烈既没長沙桓王逸才命世弱冠秀發招攬遺老與之述業神兵東驅奮寡犯衆攻無堅城之將戰無交鋒之虜誅叛柔服而江外底定飭法

修師則威德翕赫賓禮名賢而張昭爲之雄交御豪俊而周瑜爲之傑彼二君子皆弘敏而多奇雅達而聰哲故同方者以類附等契者以氣集而江東蓋多士矣張北伐諸華誅鉏干紀旋皇輿於夷庚反帝座乎紫闥挾天子以令諸侯清天步而歸舊物戎車既次群凶側目大業未就中世而殞用集我大皇帝以奇蹤襲於逸軌叡心因於令圖從政咨於故實播憲稽乎遺風而加之以篤固申之以節儉疇咨俊茂好謀善斷束帛旅於丘園旌命交於塗巷故豪彥等尋聲而響臻志士希光而景騖異人輻湊猛士如林於是張昭爲師傅周瑜陸公魯肅呂蒙之疇入爲腹心

範誤當作範後同

出作股肱甘寧淩統程普賀齊朱桓朱然之徒奮其威韓當潘璋黃蓋蔣欽周泰之屬宣其力風雅則諸葛瑾張承步騭以名聲光國政事則顧雍潘濬吕範吕岱以器任幹職奇偉則虞翻陸績張温張惇以諷議舉正奉使則趙沇（咨）珩以敏達延譽術數則吳範趙達以機（禨）祥協德董襲陳武殺身以衛主駱統劉基強諫以補過謀無遺諝舉不失策故遂割據山川跨制荆吳而與天下爭衡矣魏氏嘗藉戰勝之威率百萬之師浮鄧塞之舟下漢陰之衆羽楫萬計龍躍順流鋭師千旅虎步原隰謨臣盈室武將連衡喟然有吞江滸之志一宇宙之氣而周瑜驅我偏師黜之赤壁

師下脱敗字

莧別本作莞

同書集逐當作遂

喪旗亂轍僅而獲免收跡遠遁漢王亦憑帝王之號帥巴漢之民乘危騁變結壘千里志報關羽之敗圖收湘西之地而陸公亦挫之西陵覆師績困而後濟絕命永安續以濡須之寇臨川摧鋭蓬籠之戰孑輪不反由是二邦之將喪氣挫鋒勢衄財匱而吴莧然坐乘其弊故魏人請好漢氏乞盟逐躋天號鼎峙而立西屠庸益之郊北裂淮漢之涘東包百越之地南括羣蠻之表於是講八代之禮蒐三王之樂告類上帝拱揖羣后虎臣毅卒循江而守長棘勁鎩望飈而奮庶尹盡規於上四民展業于下化協殊裔風衍遐圻乃俾一介行人撫巡外域巨象逸駿擾於外閑明

盡下脫規字

郡當作羣

躡運而發下別本多卒散於陣民奔於邑八字

珠瑋寶耀於内府珍瑰重跡而至竒玩應響而赴輶軒騁於南荒衝輣息於朔野齊民免干戈之患戎馬無晨服之虞而帝業固矣大皇既没幼主涖朝姦回肆虐景皇聿興虔脩遺憲政無大闕守文之良主也降及歸命之初典刑未滅故老猶存大司馬陸公以文武熙朝左丞相陸凱以謇諤盡而施績范慎以威重顯丁奉離斐以武毅稱孟宗丁固之徒爲公卿樓玄賀邵之屬掌機事元首雖病股肱猶存爰及末葉郡公既喪然後黔首有瓦解之志皇家有土崩之釁歷命應化而微王師躡運而發城池無藩籬之固山川無溝阜之勢非有工輸雲梯之械智伯灌激之害

怨下當有矣字

其民怨其俗陋正相對不必有矣字

楚子築室之圍燕人濟西之隊軍未浹辰而社稷夷矣雖忠臣孤憤烈士死節將奚救哉夫曹劉之將非一世所選向時之師無曩日之衆戰守之道抑有前符險阻之利俄然未改而成敗貿理古今詭趣何哉彼此之化殊授任之才異也

辨亡論下

昔三方之王也魏人據中夏漢氏有岷益吳制荊揚而奄交廣曹氏雖功濟諸華虐亦深矣其民怨劉公因險以飾智功已薄矣其俗陋夫吳桓王基之以武太祖成之以德聰明睿達懿度弘遠矣其求賢如不及恤民如稚子接士盡盛德之容親仁罄丹府之愛

威下別本有恚字 豐字納字上俱有以字

效別本作致

拔呂蒙於戎行識潘濬於係虜推誠信士不恤人之
我欺量能授器不患權之我偪執鞭鞠躬以重陸公
之威委武衛以濟周瑜之師卑宮菲食豐功臣之賞
披懷虛己納謨士之筭故魯肅一面而自託士爕蒙
險而效命高張公之德而省游田之娛賢諸葛之言
而割情欲之歡感陸公之規而除刑法之煩奇劉基
之議而作三爵之誓屏氣跼蹐以伺子明之疾分滋
損甘以育凌統之孤登壇慷慨歸魯子之功削投惡
言信子瑜之節是以忠臣競盡其謨志士咸得肆力
洪規遠略固不厭夫區區者也故百官苟合庶務未
遑初都建業郡（羣）臣請備禮秩天子辭而不許曰天下

巨當作見

川流阨迅一本作川阨流迅

難别本作艱

其謂朕何宮室輿服蓋慊如也爰及中業天人之分既定百度之闕粗修雖醲化懿綱未齒于上代抑其體國經民之具亦足以爲政矣地幾萬里帶甲将百萬其野沃其民練其器利其財豐東負蒼海西阻險塞長江制其區宇峻山帶其封域國家之利未巨有弘於茲者矣借使中才守之以道善人御之有術敦率遺典勤民謹政循定策守常險則可以長世永年未有危亡之患也或曰吳蜀脣齒之國蜀滅吳亡理則然矣夫蜀蓋藩援之與國而非吳人之存亡也何則其郊境之接重山積險陸無長轂之徑川流阨迅水有驚波之難雖有鋭師百萬啓行不過千夫舳艫

千里前驅不過百艦故劉氏之伐陸公喻之長虵其
勢然也昔蜀之初亡朝臣異謀或欲積石以險其流
或欲機械以御其變天子揔羣諠而咨之大司馬陸
公公以四瀆天地之所以節宣其氣固無可遏之理
而機械則彼我之所共彼若棄長技以就所屈即荆
揚而爭舟楫之用是天贊我也將謹守峽口以待禽
耳逮步闡之亂憑寶城以延强寇重資幣以誘羣蠻
于時大邦之衆雲翔電發懸旌江介築壘遵渚襟帶
要害以止吴人之西而巴漢舟師沿江東下陸公偏
師三萬北據東坑深溝高壘按甲養威反虜踠跡待
戮而不敢北窺生路强寇敗績宵遁喪師太半分命

銳師五千西禦水車東西同捷獻俘萬計哉賢人之
謀豈欺我哉自是烽燧罕警封域寡虞陸公没而潛
謀兆呉釁深而六師駭失太康之役衆未盛乎曩日
之師廣州之亂禍有愈乎向時之難而邦家顛覆宗
廟爲墟嗚呼人之云亡邦國殄瘁不其然歟易曰湯
武革命順乎天玄曰亂不極而治不形言帝王之因
天時也古人有言曰天時不如地利易曰王侯設險
以守其國言爲國之恃險也又曰地利不如人和在
德不在險言守險之由人也呉之興也參而由焉孫
卿所謂合其參者也及其亡也恃險而已又孫卿所
謂捨其參者也夫四州之萌非無衆也大江之南非

人當作乂

麦當作麥

乏俊也山川之險易守也勁利之器易用也先政之策易循也功不興而禍遘者何哉所以用之者失也是故先王達經國之長規審存亡之至數謙巳以安百姓勤惠以致人和寬冲以誘俊人之謀慈和以結士民之愛是以其安也則黎元與之同慶及其危也則兆庶與之共患安與衆同慶則其危不可得也危與下共患則其難不足恤也夫然故能保其社稷而固其土宇麦秀無悲殷之思黍離無愍周之感矣

五等諸侯論

夫體國經野先王所慎創制垂基思隆後葉然而經略不同長世異術五等之制始於黃唐郡縣之治創

自秦漢得失成敗備在典謨是以其詳可得而言夫先王知帝業至重天下至曠曠不可以偏制重不可以獨任任重必於借力制曠終乎因人故設官分職所以輕其任也並建五長所以弘其制也於是乎立其封疆之典財其親疏之宜使萬國相維以成盤石之固宗庶雜居以定維城之業又有以見綏世之長御識人情之大方知其爲人不如厚已利物不如圖身安上在於悦下爲已在乎利人故易曰悦以使民民忘其勞孫卿曰不利而利之不如利而後利之利也是以分天下以厚樂而已得與之同憂饗天下以豐利而我得與之共害利博則恩篤樂遠則憂深故

以當作矣

予當作子

人當作乂

諒別本作涼

諸侯享食土之實萬國受世及之祚以夫然則南面之君各務其治九服之民知有定主上之子愛於是乎生下之體信於是乎結世治足以敦風道衰足以禦暴故強毅之國不能擅一時之勢雄俊之士無得寄覇王之志然後國安由萬邦之思治主尊賴羣后之圖身譬猶衆目營方則天網自昶四體辭難而心膂獲人三代所以直道四王所以垂業也夫盛衰隆敝理所固有教之廢興繫乎其人愿法期於必諒明道有時而闇故世及之制敝於強禦厚下之典漏於末折侵弱之釁遘自三季陵夷之禍終于七雄昔者成湯親照夏后之鑒公旦目涉商人之戒文質相濟

具下別本有也字

承積其敝別本作承徹積敝

懲當作懲

庛別本作庇○有響當作獨饗

損益有物故五等之體不革于時封畛之制有隆焉爾者豈玩二王之禍而闇經世之筭乎固知百世非可懸御善制不能無敝而侵弱之辱愈於殄祀土崩之困痛於陵夷也是以經始權其多福慮終取其少禍非謂侯伯無可亂之符郡縣非致治之具故國憂賴其釋位主弱憑其翊戴及承積其敝王室遂卑猶保名位祚垂後嗣皇統幽而不輟神器否而必存者豈非事勢使之然歟降及亡秦棄道任術懲周之失自矜其得尋斧始於所庛制國昧於弱下國慶有響其利主憂莫與共害雖速亡趣亂不必一道顛沛之釁實由孤立是蓋思五等之小怨忘萬國之大德知

墜當作隧

柱當作枉

弱綱綱當作綱

陵夷之可患闇土崩之爲痛也周之不競有自來矣國乏令主十有餘世然片言勤王諸侯必應一朝振矜遠國先叛故強晉收其請墜之圖暴楚頓其觀鼎之志豈劉項之能闚關勝廣之敢號澤哉借使秦人因循周制雖則無道有與共斃而覆滅之禍豈在曩日漢矯秦柱大啓侯王境土踰溢不遵舊典故賈生憂其危晁錯痛其亂是以諸侯阻其國家之富憑其士民之力勢足者反疾土狹者逆遲六臣犯其弱綱七子衝其漏網皇祖夷於黥徒西京病於東帝是蓋過正之災而非建侯之累也然呂氏之難朝士外顧宋昌策漢必稱諸侯逮至中葉忌其失節割削宗子有

名無實天下曠然復襲亡秦之軌矣是以五侯作威不忌萬邦新都襲漢易於拾遺也光武中興纂隆皇統而猶遵覆車之遺轍養喪家之宿疾僅及數世姦宄充斥卒有強臣專朝則天下風靡一夫從橫而城池自夷豈不危哉在周之衰難興王室放命者七臣干位者三子嗣王委其九鼎凶族據其天邑征鼙震於閫宇鋒鏑流于絳闕然禍止畿甸害不覃及天下晏然以治待亂是以宣王興於共和襄惠振於晉鄭豈若二漢階闥暫擾而四海已沸孽臣朝入而九服夕亂哉遠惟王莽篡逆之事近覽董卓擅權之際億兆悼心愚智同痛然周以之存漢以之亡夫何故哉豈

勃當作悖逌周

世乏曩時之臣士無匡合之志歟蓋遠績屈於時異雄心挫於卑勢爾故烈士扼腕終委寇讎之手中人變節以助虐國之桀雖復時有鳩合同志以謀王室然上非奥主下皆市人師旅無先定之班君臣無相保之志是以義兵雲合無救劫弑之禍民望未改而已見大漢之滅矣或以諸侯世位不必常全昏主暴君有時比跡故五等所以多亂今之牧守皆以官方庸能雖或失之其得固多故郡縣易以為治夫德之休明黜陟日用長率連屬咸述其職而淫昏之君無所容過何則其不治哉故先代有以之興矣苟或衰陵百度自勃彌官之吏以貨准才則貪殘之萌皆如

別本位下無有字憚下有損字夙夜下有也字

羣后也安在其不亂哉故後王有以之廢矣且要而言之五等之君爲已思治郡縣之長爲利圖物何以徵之蓋企及進取仕子之常志修己安民良士之所希及夫進取之情銳而安民之譽遲是故侵百姓以利已者在位有所不憚實事以養名者官長所夙夜君無卒歲之圖臣挾一時之志五等則不然知國爲己土衆皆我民民安已受其利國傷家嬰其病故前人欲以垂後後嗣思其堂搆爲上無苟且之心羣下知膠固之義使其並賢居治則功有厚薄兩愚處亂則過有深淺然則探八代之制幾可以一理貫秦漢之典殆可以一言蔽矣

護當作頀

晉平西將軍孝侯周處碑

君諱處字子隱義興陽羨人也氏胄曩興煥乎墳典華宗往茂蔚其簡書啓三十之洪基源流定鼎運八百之遠祚枝葉封桐軒蓋列於漢庭蟬冕播於陽羨二南之價傳不朽而紛敷大護之音聲無微而必顯山高海闊其在斯焉祖賓少折節早亡吳初召諮議參軍舉郡上計轉爲州辟從事別駕步兵校尉光禄大夫廣平太守父魴少好學舉孝廉吳寧國長奮威長史懷安錢塘縣侯丹陽西部屬國都尉立節校尉拜裨將軍三郡都督太中大夫臨川豫章鄱陽太守晉故散騎常侍新平廣漢二郡太守封關內侯簪紱

揚名臺閣摽著風化之美奏課爲能

亭亭孤美灼灼横劭徇高位於生前思垂名於身後遂以罕意不違應期出輔洋洋之風俯冠來葉巍巍之盛仰繼前賢君乃早孤不弘禮制年未弱冠膂力絶於天下妙氣挺於人間騎獵無疇時英式慕縱情寡偶俗弊不忻鄉曲誣其害名改節播其聲譽遂來吳事余厥弟驩然受誨向道朝聞方勵志而淫詩書便好學而尋子史文章綺合藻思羅開吳朝州縣交辟太子洗馬東觀左丞中書右丞五官郎中左右國史靖恭夙夜恪居官次遷大尚書僕射東觀令太常卿無難督匡熙庶績朝廷謚寧使持節大都督

庭疑當作亭

忘當作亡

塗中京下諸軍事封章浦庭侯國猶多士君實得賢汪洋庭闕之傍昂藏寮寀之上射獸功猶見顯刺蛟名乃遠揚忠烈道自克修義節情還求布琳琅梓杞珪璧棟梁君著默語三十篇及風土記并撰吳書於是吳平入晉王渾登建業宮釃酒既酣乃謂君曰諸人忘國之餘得無慼乎君對曰漢末分崩三方鼎立魏滅於前吳亡於後亡國之慼豈惟一人渾乃大慙仕晉稍遷揔統初入拜諮議郎除討虜護軍新平太守撫和戎狄叛羌歸附雍士美之轉爲廣漢太守郡多滯訟有經三十年不决者處以評其枉直一朝决遣以毋年老罷歸尋除楚内史未之官徵散騎常侍

處曰古人辭大不辭小乃先之楚而郡既經喪亂新舊雜居風俗未一處郭以教義又檢尸無主及白骨在野收而瘞之然以就徵遠近稱歎及居近侍多所規諷遷御史中丞正繩直筆凡所糾劾不避寵戚梁王彤違法處深文案之及吳人齊萬年反朝臣惡其強直皆曰處吳之名將子也忠烈果毅庶僚振肅英情天逸遠性霞騫陝北留棠遂有二天之詠荆南度虎猶標十部之書尋轉散騎常侍輕車將軍

迴輪出於新年士女揮淚褰帷望於廣漢雞犬靡喧振茲威略宣其惠和晉京遥仰部從迎欽是時氐賊作逆有衆七萬屯於梁山朝廷推賢以君才兼文

韓信以下以他碑雜廁不足通

武詔授建威將軍以五千兵奉辭西討忠槩盡節不
顧身命乃賦詩曰去去世事已策馬觀西戎藜藿甘
梁黍期之克令終言畢而戰自旦及暮斬首萬級弦
絕失盡畚系不救左右勸退處按劍怒曰此是吾効
節授命之日何以退爲大臣以身徇國不亦可乎韓
信背水之軍未遑得喻工輸縈帶之勢早擬連蹤莫
不梯山架壑襁負來歸戎士扞其封壃農人展其耕
織秋風才起追戰虜於雷庭春水方生揮插同於雲
雨立功立事名將名臣者乎元康九年冊仄增加奄
捐館舍春秋六十有二天子以大臣之葬師傅之禮
親臨殯壤建武元年冬十一月甲子追贈平西將軍

封清流亭侯謚曰孝禮也賜錢百萬葬地一頃京城
地五十畝爲第又賜王家田五頃詔曰處毋年老加
以逆旅遠人朕每憫念給其醫藥酒米賜以終年以
太興二年歲在己卯正月十日葬於義興舊原南瞻
荆岳崇峻極之巍峩北睇蛟川濬清流之澄澈要同
郡盛氏有四子靖玘札碩並皆志性純孝過礼喪親
墳前之樹染淚先枯庭際之禽聞悲乃下遂作銘曰
周南著美岐山表靈葉繁漢室枝茂晉庭皎皎夫子
奇特播名幼有異行世存風烈早馳問望晚懷耿節
頗尚豪雄昇名禁闕搢爵策勳允歸明哲輝赫大晉
封冢多故式揚廟略克清天步海濵既折江淮並浙

寘字下刻本多五
韻句

漢水作藩條章斯布俗歌揆日人謡何暮忠貞作相
追蹤絳侯將亭嘉茂遷掩芳猷潛光陽甸返旆吳丘
舊闕雖入鄉路寘浮鐫兹幽石萬代千秋

仲冬初七日以抱經學士所校者謄錄小跋見下冊　士禮居後日蕘翁識

亦能再看此侯明日了也　又能父

陸士衡文集卷第十